高峰秀子の反骨

高峰秀子

河出書房新社

高峰秀子の反骨

◉

目次

反骨渡世

講演　私の生いたち　娘・妻・母　9
わたしはアタマにきた　映画「東京オリンピック」をめぐって　50
衆議院逓信委員会放送に関する小委員会全発言　58

＊1940年代（23〜25歳）

街頭録音　86
当たって砕けろ！　89

＊1950年代（29〜35歳）

パリで恋う日本の味　永坂の更科　91
おたずねします　93
服装あれこれ　96
いつ仕事をやめてもいい心構えはしています。　99
私の顔　100
私は私　101

ニューヨークの日本映画見本市から帰って　デコの見たアメリカ　105
子供をもつということ　110
先生、しっかり　ベニスの旅宿に思う　112
ヨーロッパ二人旅みやげ話　わたしはスクリーンを去らない　115
ヴェネツィア映画祭から帰って　当分はやめられません　119
私は一年生　123

＊１９６０年代（37〜44歳）

とっときの斜め横　124
女とおしゃれ　125
女の座　128
旅行着　129
なにしろ女優を百年もやっておりますと……　131
ひとえ　136
花は友だち　138
京ことば寸描　139
「らしい」ということ　140

エロ・グロまっぴらごめん　142
上布　144
わたしのファンは茶の間にいる　テレビ初出演の弁　146
こわい先生　150

＊1970年代（47〜55歳）

ピッコロモンド　忙・中・閑　153
三度、心が震える　154
壺井先生のやさしさ　158
時代劇は見てない　159
大正人は今こう考えている　160
私が選んだ東京のみやげ　161
ただいま五十五歳、の回顧　162
私が選んだ引出物と贈り物　171
純広東料理　翠園酒家　これがホンモノだ　172

＊1980年代（61〜63歳）

銀座のお気に入り　174

結局手元に残った器は…… 176
台所のオーケストラ　食べ物に捨てるものはない。 178
お婆さんの椅子 180
＊1990年代（66～68歳）
自分の許容範囲は自分で決める。 182
タワシ一個でも妥協しない。 187
今が一番幸せだから、おいしい人のことが書ける。 189
旅も道づれ 193
＊2000年代（75歳）
三島由紀夫割腹自殺　昭和四十五年十一月二十五日 195
あとがきにかえて
あなたはどう思いますか？　――亡き父母、松山善三・高峰秀子に捧ぐ　斎藤明美 196

装幀——友成 修
（データ作成・枡元治美）
カバー写真——早田雄二

高峰秀子の反骨

講演　私の生いたち　娘・妻・母

（61歳）

皆さま、はじめてお目にかかります。私、丈夫で長持ちをしております高峰秀子でございます。どうぞよろしくお願いいいたします。（拍手）

今日は、このようなやんごとなきお仕事をお持ちのお客さまばかりお集まりの会場に、突然、私のような場違いの普通のおばさんが現れまして、私のほうもなんとなく居心地が悪いのですが、皆さまもたぶん不思議だなあとお思いなのではないかと思います。

けれども、皆さまがたまたまこの会場にそのようにお座りになってしまったのが、運の尽き、つまり手後れです。仕方がございませんから、お食事のあとの一時間ほどを、元女優の滑稽話におつきあい願いたいと思います。時間がないそうなので、黒柳さんも顔負けという感じで、どんどんどんどん早口でしゃべることにします。

これから、「娘・妻・母」という題でお話しさせていただくわけですが、まず真ん中の「妻」のあたりからお話ししたいと思います。

私はなぜか少女のころから、三十歳になったら女優を辞めて結婚しようと思っておりました。三十歳といいますと相当のオバンですから、結婚をするならかなりあわてなければなりません。でも、家事もろくすっぽできないような三十歳のオバンを、嫁さんにしてくれるような奇特な男性はいるものかしら。

いたとしても、私には一つの大きな大きな条件がありました。それは、私、大変に食いしんぼうなんです。おいしいものを食べることが、何よりも楽しみなのです。食いしんぼうですから、なるべくというよりは、ものすごい大金持ちと結婚して、食って食って食いまくって、デブデブの百貫デブになっちゃおう。そう思っていたのです。本当なんです。

といいますのは、映画のヒロイン、ことに二枚目の女優というのは、やたらムクムク太ってしまうとお金がいただけないのです。皇后陛下の役ぐらいしか、来なくなってしまいます（笑）。

それでなくても、カメラのレンズというのは丸いんですが、このぐらいの顔はちょっと太めに映るわけです。ですから、こういう顔もこうなっちゃうし、こんな顔はこうなって、もう入らなくなってしまいます。

皆さんは、先ほどからこの私をご覧になって、あら、ずいぶんしぼんだばあさんじゃない、などと思っていらっしゃるでしょうけれども、このぐらいがちょうどいいんです。映画とかテレビは、こんなライトではありませんで、もっともっと強いものですから、しわとかへっこんでいるところへ全部、ライトが回ると言いまして、かなり太めに映るんです。したがって、二枚目の女優はあまり太ってはいけないということになっておりますので、普段は、食べたいものもわりに我慢しております。それで、大体の女優は慢性欲求不満という病気にかかっているわけです。ああ、食べたいなあ、食べたいなあ、何かおいしいものをおなかいっぱい食べたいなあと、私も小さいころから切実にそう思い続けてまいりました。

ですから、大金持ちと結婚して食いつぶしてやろうという企画を立てたわけです。どこかに、私と結婚してくれる大金持ちはいないかなあと思って、ずいぶんキョロキョロしたのですけれども、今のようなテレビ全盛時代とは違い、当時の映画界にはあまりお金持ちはおりませんでした。

映画俳優の出演料というのは、ほかの仕事に比べれば、決して安くはないと思います。脇けれど、主役というのは映画の初めから終わりまで、ずーっとだらしなく出ています。脇役というのは、一本のうちの何時間とか何日かなんですけれども、主役はのべつまくなしズルズルと出ておりますので、いくら頑張っても一年に二本か三本が限度です。

それに、一本で一年も二年もかかる映画もあります。先ほどお話がありましたが、少女時代に『馬』という映画に出ました。私が馬になったわけではありませんが、そのときは十五歳、十六歳、十七歳と三年かかりました。

三年かかっても、映画一本は一本です。たとえば一年かかって百万円いただいても、一カ月十万足らずという勘定になりまして、お金がたまるわけはありませんでした。

ところが、世の中というのは本当にうまくいかないもので、あるときある青年にチロッと恋をしてしまいました。その野郎は、松山善三というチンケな男でして（笑）、ペイペイの助監督でした。私が一本百万円もらっているというのに、彼は月給一万三千五百円ポッキリでした。月給日に五目ラーメンを食べるのが唯一の楽しみというんですから、夢も希望もあったものではありません。

私も当時、貧乏はしておりましたけれども、松山さんという男は、貧乏どころか、農家の一間に下宿しているというんです。うそだと思うんですよ。農家の納屋ぐらいじゃないかと思うんです。また、貯金なんか、もちろん一銭もありはしません。あるのは、リヤカーに一杯の古本だけだそうです。洋服も、お師匠さんの木下惠介先生のお古、こんなツンツルテンのものをいただいて、着ておりました。

そんなわけで、私の思惑は全く外れてしまいました。その代わり、年は私より一歳下ですから、若さが取り柄といえばそんなところだったと思います（笑）。栄養失調でヒョロヒョロしていて、将来、成功してくれるのか、ただのぼんくら亭主になってしまうのか、皆目わかりはしませんでした。

でも、私はそのとき二十九歳、たいへんあわてておりましたから（笑）、あまりリサーチも行き届かないうちにさっさと結婚いたしました。さっさというのは悪いけれども、とにかく結婚しました。

松山さんが、お師匠さんの木下惠介先生から二十万円、借金してまいりました。私は、仲人の川口松太郎先生から、これも二十万円、借金をしてまいりました。そして、その四十万円で結婚式を挙げました。

披露宴にお呼びしたお客さまは、二百八十人ではなくて、たったの二十八人でした（笑）。と申しますのは、もしちゃんとお客さまを招待するとなりますと、私はなんせ映画界で歴史が長いものですから、あの先生もこの先生もと言っていますと、すぐ四、五百人になってしまうわけです。けれど松山さんのほうは、親を混ぜて全部で十人ぐらいというのですから、全く格好がつかなかったからです。

それに、何もかもひっくるめて四十万円では、どうにもなりませんでした。けれども、私は満足でした。私の結婚というのは分相応だったなあと、今でも思っております。

当時、松山さんという男はガリガリにやせておりまして、のべつ撮影所の中を走っておりました。大変よく走る男でした。松山君と呼ばれると、用も聞かないでバーッと走るような人でした（笑）。あまりよく走るので、カモシカのような男だなどと、昔ですよ（笑）、言われていたんです。

それからとにかく三十年、もっとたってしまいました。私も、ご覧のようにだいぶいたんでまいりましたけれども、私は松山を「夫ドッコイ」と呼ぶんです。皆さま、夫様をお持ちの方もいらっしゃると思いますけれども、皆さまの夫様は「夫」と貫禄があるでしょう。うちのも、あることはあるんです。夫……ドッコイと、ちょっとこういうところがあるんです（笑）。

この夫ドッコイのほうも、カモシカ変じて今はイノシシのごとくなってしまいました。当たり前ですよね、三十年たてば。最近では、ちょっと早いんじゃないかなと思うんですけれども、早くも恍惚の人気味になってまいりました。頭は、もう真っ白です、かわいそうに。家中が、何だか知らないけれども、老眼鏡だらけです。あっちに二つ、こっちに二つと、眼鏡屋のごとくなってしまいました。

この間も、頭の上にちょいと眼鏡を載せて、よくやりますな、こうしていて、「あっ、おれの眼鏡がないぞ、お前だな、隠したのは」なんて言うんですよ。何が面白くて、この年になって夫の眼鏡を隠しますか（笑）。ばかばかしい。

私は、「頭の上にあるじゃない」と言ったんです。これも、ひどい言葉ですね。昔は、「ああら、頭の上にあるじゃない、いやだわ」なんて言ったものですが、三十年たつと、「頭の上にあるじゃないかよ」、こうでございます（笑）。変われば変わるもので、「ほら、頭の上にあるじゃないか」と言いましたら、彼はその眼鏡をスッと取って、「ウーン、ないと言ったらない」と言ったんですよ。

これはもう大変ですね。皆さまもよくご承知だと思います。私はさすがにギョッとなりまして、これは大変だと思い、精神科のお医者さんのなだいなだ先生、ずっと毛が生えていてどっちから見ても同じという先生に相談しました。

うちの夫はこんなことを言うようになっちゃったわよと言いましたら、いつもニコニコしていらっしゃるなだ先生がスーッと真面目な顔になって、こうおっしゃいました。あっそう、それは大変ね。老化現象というのはそうなのよ。はじめは、頭の上にあった眼鏡をスーッと取って、「なんだ、ここにあったのか」と言ってヘヘヘッと笑う。これは、まあいい。その次の段階で、「ウーン、ないと言ったらない」と言うようになるんだよって。本当に私も心配です。

また先だっては、ズボンの上のシャツのところがちょうど三角にあいておりまして、そこからおへそが見えていました。そこで、「おへそが見えてますよ」と言いましたら、やつは何と言ったと思いますか。「うるせえなあ、いま乾かしてるんだよ」と言いました(笑)。

ねえ、皆さん、おへそというものは、ときどき乾かさなければならないほど、水気の多いものでしょうか。そう言おうと思ったけど、これもばかばかしくてやめました。このごろ、だんだん口数が減りましたね、ばかばかしいことが多くなって。

うちは子供もおりませんし、三十歳で結婚しまして、これ一個しかいないと思うものですから、かなり過保護だったんですね。手取り足取り、いろいろ世話をやいちゃった。それの後遺症ですね、いまだに世話をやいております。

ですから外出するときは、ほら、ズボンのファスナーが、社会の窓があいてるじゃない、鼻毛が出てるわ、鼻毛ばさみ、鼻毛ばさみとか、ネクタイがよじれてるとか、世話をやくのが大変なんです。

外出のときは、そうして私が気をつけるからいいんですけれども、家の中ではパジャマとか羽織、そういうものは大体において裏返しにお召しになるのが、ご趣味のようですね。それから、傘とかコートをどこかへどんどん忘れてくる。これは、うちの夫ドッコイだけではありません。よその夫様もきっとそうだと思います。物を忘れてくる。ことに傘とかコート、これは男性の特技ですね。よくまあ自分を忘れてこないものですね（笑）。

傘とかコートを忘れてくるのはともかくとして、このごろは人との約束を全部、忘れてしまう。

いやだなあ、あそこでジーッと聴いていらっしゃるの。どうぞ、お引き取りください、先生。やりにくい（笑）。

彼は、かなり気取る人でして、電話口でもなぜか気取っております。「はい、あっ、そうですか、はい、一時ですね、はい」なんて気取って、ノートに全部書くんですよ。その書いたノートを見るのを忘れちゃうから、全部忘れてしまうんです（笑）。

女もそうですけれども、男性にもいろいろと年を取る段階がありますね。うちの夫ドッコイは、ただいま歯のほうにきているようなんです。月に一度は歯のお医者さまのところに通っております。それが先だっては、歯医者さんと約束した同じ時間に、銀座のほうで仕事の約束をしてしまった。そんなことは、いま始まったことではありません。しょっちゅうですから、私はちっともびっくりしない。びっくりしないどころか、またやってやがらあと知らん顔しておりました。

そうしましたら、彼は一生懸命考えておりましたけれども、突然、私に手を合わせまして、「ねえ、頼むから、お前、代わりに歯医者のほうに行ってくんない?」と言うんです(笑)。「そおお、じゃあ何時?」などと言いながら、私、その時間に歯医者さんに行きました。ほかのことならともかくとして、歯の治療の代理人なんていうのは聞いたことがありません。

でもまあ考えてみれば、頼むほうも頼むほうですけど、行くほうも行くほうで、どっちも少しおかしくなってきていると思います。いよいよ夫婦仲よく、そろって老人性痴呆の始まりというところでございます。

作家の有吉佐和子さん、お友達だったんですけど、お亡くなりになってしまいました。有吉佐和子さんは、小説『恍惚の人』の中で、ぼけた老人のことを「ちょっとお戻りになりましたね」という大変に上手な台詞で表現なさっていらっしゃいました。

本当に、人間は年を取るにしたがってだんだんと赤ちゃんに近づいていくんですね。赤ちゃんのように一日中うとうとと寝たり覚めたりしていて、お医者さんや歯医者さんへ行く必要もなくなれば、だんだんベビーフードになってしまいますね。その次にくるのはおしめのご厄介ということで、今日はひとの身、明日はわが身で、本当に笑い事ではないと思います。

けれど、そんな夫でも、いないよりはいたほうがいいなあと私は思っております。結婚をしてよかったなあと思っております。杉村春子さんの『女の一生』の台詞ではありませんけれども、「だれのためでもない、自分が選んだ道ですもの」と、後悔もしておりません。

私は、結婚してから映画の仕事を半分に減らしました。皆さまのお仕事も大変ですけれども、女優という仕事もかなり大変な仕事です。たとえば『二十四の瞳』で、私がやさしい先生になりますね。あれはうその私ですけれども、撮影所へ行ったときにはもうやさしい先生で、どこから映されても構わない。いつ撮られても、大石先生でいなければならない。

でも、家では普通の女房です。「ほら、眼鏡は頭の上にあるじゃないかよ」というのと、やさしい声で「はい」と言うやさしい先生は、なかなかうまく区切りがつかないんです。したがって、女優業とおかみさん業というものの両立は、なかなか難しいですね。そのことは、私、少女のころからわかっておりました。

それればかりではありません。結婚してからは、高峰秀子ではなくて、新しい松山秀子という主婦のほうを、大きく大切に育てていきたい。そう思ったからです。ですから私は、ひょっとしたら夫ドッコイが欲しかったというよりも、実は家庭というものが欲しかったのかもしれません。

私は、三十歳で結婚するまで、家庭というものをほとんど知りませんでした。三百六十五日、朝から晩まで子供のころから働いておりましたので、家というのはただ寝るための寝ぐらでしかないと思っておりました。ですから、家庭という二字が持つ何とも言えない温かさ、安心感、そういったものに私は心から飢えており、あこがれていたんだと思います。

ですから、もしかしたら相手は松山さんでなくても松下さんでも……、松下幸之助さんのほうがよかったですね。あの方はお金持ちだからなあ（笑）。

こうして始まった結婚生活でしたけれども、あっという間に三十年余りたってしまいました。私たち夫婦には、幸か不幸か子供がおりません。

松山は、七人兄弟の真ん中で、ワアワアギャーギャーと騒ぎながら育ったんだそうです。ですから家庭というものは、のべつまくなし子供がバタバタと走る音がしたり、泣き声が聞こえたり、笑い声が聞こえたり、そういう物音がしていなければ家庭ではない。子供のいない家庭なんていうのは、家庭ではなくて鳥の巣だなどとぬかすんですよ（笑）。

でも、私は小さいときから母一人子一人でひっそりと静かに育ちましたから、ワアワアギャーギャーの家庭は全く知りません。私が生まれましたのは、北海道の函館です。でも、私が四歳のときに実母が結核で亡くなりまして、私は父の妹の平山志げさんという人の養女になり、東京に住むようになってしまいました。

当時、私の家は函館でも一番の料亭のようだったのですが、実母が亡くなり、北海道の大火に遭いまして、丸焼けになりました。そして、貧乏のどん底に落ちてしまいました。

私の兄弟はいたんですけど、全部、男でした。女は私一人です。とにかく兄弟みんな男のところへもってきて、お父さんは男でしょう。おじいちゃんも男でしょう。何か男ばっかりになってしまったようです。そしておじいちゃんと父は、子供を育てることができなかったんだと思いますけれども、とにかく猫の子でもやるように、あっちへ一匹、こっちへ一匹と子供をばらまいたわけです。それで、私も平山志げさんのところへばらまかれたというわけです。

平山志げさんという人は、男運が悪いとでも言うんでしょうか。私をもらったあと、それまで一緒にいた連れ合いとも別れまして、それっきり再婚はいたしませんでした。

私をもらう前の母は何をしていたかといいますと、映画館の下座《げざ》をして舞台に出ていたようです。下座というのは古い言葉ですけれども、今でもテレビの落語などで、落語家が出てくる前にちょっと短い前奏といいますか、音楽が入りますね。あれを出囃子《でばやし》または下座といいます。私がいまお話ししているのは、もちろん映画館の下座のことです。

映画館に下座がありましたのは、もちろん昔々のこと、もう今から六十年も昔のことです。その当時、映画はもちろんトーキーではなくて、サイレント映画でした。スクリーンに画が映りますと、活弁士という、眼鏡をかけてひげなんか生やしたおじさんが出てまいりまして、こういう机が隅にあるのですが、そこへ台本を置いて、その映画のストーリーの要所要所を説明するわけです。

すると、すぐそばに楽士さんが三人か四人、椅子に腰掛けておりました。それが不思議でして、バイオリンと三味線です。バイオリンと三味線というのはあまり合わないんじゃないかと思うんですけれども、チャンバラなんかがあったからでしょうか、とにかくバイオリンと三味線、そしてラッパ、何かもう一人ぐらい、常に三、四人の楽士さんがおりまして、ラブシーンとか活劇の場面とか、そういうところで伴奏をつけるわけです。

私の母は、どうもその中で三味線を弾いていたようです。そんな仕事をしておりましたから、芸能には大変に興味を持っていたんじゃないかと思います。

それは、私が養女になりましてまだ一年足らず、まだ五歳にもならないころでした。私はある日、養父におんぶされまして、今は大船ですけど、松竹の蒲田撮影所、そのころ撮影所は蒲田にありまして、そこへ見物にまいりました。見物といっても、私は子供ですから養父の背中に張りついていただけです。

ちょうどその日、撮影所では鶴見祐輔原作の『母』という映画の主役になる五歳の女の子の募集審査が行われておりました。今でも本当によく覚えておりますが、私と同じ年ごろの五歳ぐらいの女の子が、五、六十人もズーッと並んでおりました。大きなリボンをつけて、振り袖を着て、満艦飾のピッカピカ。そして、後ろについているお姉さんとかお母さん、付き添いの人はもっと満艦飾のピッカピカで、とてもきれいでした。

そしてその前を、四、五人の撮影所の人たち、たぶん所長さんとかカメラマン、監督さん、そんな人でしょうね。そういう男の人たちが行ったり来たりしながら、一人ずつ子供を審査していました。

こういうことを運命とでも言うのかもしれませんけれども、私の父親は突然、自分の背中からヒョイと私を下ろしまして、その行列のいちばん最後にポンと立たせたわけです。私はびっくりしちゃった。そして、最低にしょぼたれたご面相の私が、なぜか『母』という映画の主役に選ばれてしまったわけです。

とにかく、今でも相当なタレ目ですけれども、これは年を取ってタレ目になったわけでして、とにかくそのころは欽ちゃんよりもっとタレ目で、ひどいものでした。そういうタレ目で、ベソをかいたような私の顔が、子役主演のお涙ちょうだい映画にもってこいというか、ちょうどわかりやすくて、よかったのかもしれません。

そのときの私は、まだ物心もつかない、五歳にもならない私でした。私は、全く自分の意志ではなく、運命の糸のようなものにつり上げられるようにして、高峰秀子という芸名をつけられ、映画界へデビューしました。高峰という芸名は、どうやら私の母親が三味線を弾いていたころの芸名だったようです。母は、自分が果たせなかった芸能界への夢を、養女の私にかけたのではないかと思います。

『母』という映画は、幸か不幸か、空前の大ヒットになってしまいました。母の手元には、早速に次の映画の脚本、次の映画の脚本、脚本、脚本、脚本……、どんどん脚本が持ち込まれてまいりました。さあ、それからが大変で、私は天才子役などとおだてられて、キリキリ舞いの忙しさになってしまいました。

当時、撮影所には子役部屋というものがありました。今はそんなものはありませんけれども、当時はあったんです。そして、女五十人、男五十人、常時百人ぐらいの子役さんが、いつ声が掛かってもいいように待機しておりました。それなのに、なぜかタレ目の私だけが引っ張りだこになりまして、女の子の役ばかりじゃなく、男の子の掛け持ちもしました。

ある監督さんが、「あっ、今度の男の子ね、あれ、秀ちゃん使うからね」とおっしゃいますでしょう。そうすると、助監督さんがヒョイと私をおんぶして、スーッと門を出て床屋へ行くんです。そして、私はスーッと坊ちゃん刈りにされてしまいました（笑）。スカートをはいたままですよ。

それで撮影所へ帰ってまいりますと、女の子に使うはずだった監督さんがカンカンになって怒りまして、「あっ、畜生、やりやがったな。それじゃあいいよ、もうやけくそだ。秀ちゃんに帽子被せちゃえ、帽子」ということになるわけです（笑）。

明けても暮れても、昼でも夜でも、雨が降ろうとお天気だろうと、セットだろうと、一本ずっと帽子を被って女の子をやったことを、覚えております。かわいそうねえ、小さいころから（笑）。時代劇の男の子の役もやりました、チョンマゲを結って。

男の人は、女のことを化け物だとよくおっしゃいますけれども、私は男のほうがずっと化け物だと思っております。長谷川一夫さんというきれいなきれいな俳優さんがいらっしゃいました、お亡くなりになりましたけれども。私もいちばん初めに、六歳のときに時代劇に出たのは、長谷川さんと共演でした。長谷川さんは鼠小僧次郎吉におなりになって、私は目の見えない男の子でしたけれども、そのときの長谷川さんは大変にきれいでした。

何年かたちまして、また長谷川さんと共演しましたとき、私は恋人役をやりました。桃割れを結い、きれいな着物をきまして。長谷川さんは、昔と同じ顔をしていらっしゃいまして、とてもきれいでした。その次に共演したときは、私は長谷川さんの奥さんです。私はお歯黒をつけて、丸まげを結いましたけれども、長谷川さんは同じ顔をしてツルッとして出ていらっしゃいました（笑）。

それで、長谷川さんのお母さんはやらないうちに、長谷川さんのほうが亡くなってしまいましたけれども、本当に男は化け物でございます（笑）。話が横道にそれまして、向こうのほうで時間がないというお顔をしていらっしゃいますので……。

それにしても、当時の私の母、私の母さんは本当にやさしい人でした。冬のロケーション撮影なんかで、みぞれが降って、海岸なんかで寒いでしょ。でも、男の役だと小ちゃなパンツをはいて、男の子刈りですから、寒くて寒くてしょうがないんです。

ですから、ワンカット済んで、パーッと母のところへ駆け出して行きますと、母は、当時はみんな着物を着ておりましたから、和服の懐から私の両手をキューッと引っ張り込んで、素肌で私をあっためてくれました。本当に子供の私も一生懸命なら、母も一生懸命、親子が本当に一心同体でした。

毎朝、まだ薄暗いうちに私たちは起きまして、お弁当を持って撮影所へまいります。母は、ホカホカに炊いた御飯を必ず少し、おこげと一緒にお釜の底に残し、そして私を呼びます。

私が駆け出して行きますと、母は水道の水をジャージャー出しっぱなしにして、手を洗って洗って、きれいに洗って、真っ赤になるくらい洗って、フッと私に見せて、「ほら、母さんの手はこんなにきれいよ」と言って、そのお釜の底のおこげでこんな小さなおにぎりを二個握り、それを、まだ湯気の立っているお釜のふたにポンポンと載せてくれるんです。

それが、私の朝御飯でした。本当にあのおいしかったおにぎりの味は、忘れられません。こんなやさしかった、私の好きだった母さん、私の母が、いつのころからか、まるで鬼のような人になってしまったんです。その理由は、本当に簡単です。お金が入るようになってしまったからです。

子役でも、有名になるにしたがって、収入はどんどん増えてまいります。月給もどんどん高くなってまいります。私は昭和六年、六歳のときには三十五円という高給取りでした。三十五円と言っても、皆さまはピンとこないでしょうけれども、六歳の少女が、大学卒の初任給、大の男の東大出よりももっとお金を取るようになっていたわけです。

そして、私は大金持ちになりました、というのでしたら、これはめでたしめでたしで一巻の終わりになるところなんですけれども、それが全くそうはいかないところが、浮き世の不思議なところです。入るお金が多ければ多いだけ、どんどんお金が出ていってしまう。それが、芸能界という不思議な、変なところなんです。

それに私の養母は、もともと自分がスターになりたかった人ですから、何かうれしくて笑いが止まらなくなっちゃったのかもしれませんけれど、私に洋服を新調すると、自分もあわてて着物を買っちゃうんですね。私に靴を買うと、自分も下駄を買っちゃう。そういう具合で、どっちが高峰秀子だか、よくわからなくなってきてしまいました。

その上、一家バラバラになりました私の兄弟とか親戚、おじいちゃん、そういう人たちの面倒をみる。面倒をみるというのは、自分がいて何かしてあげるわけではなくて、お金をあげるわけです。うちの秀子はこれだけ稼ぐようになったのよ、どうぞどうぞなんて言って、お金をあげる。

そういうことが、母のやさしさというよりも、ちょっとまあ見栄のようなものでしたから、チビの私がいくらシャカリキになって働いても、とにかくお金は、入れどすぐに出て行ってしまい、いつもいつもピイピイしておりました。

そして私に対しても、母は、やさしい母さんからだんだんと怖いマネージャーになっていってしまいました。私は、もう猿回しに追い立てられる猿のように、明けても暮れても徹夜徹夜で働くばかりで、さっきもお話しくださいましたけれども、小学校はもちろんのこと、中学なんかとんでもありません。ただただ撮影所で働いているおじさんとおばさんの会話、それだけが、唯一の耳学問として私の知識になっていきました。

とにかく学校に行ったことは行ったんです、表門から裏門ぐらいまでは。ですから、子供のころ勉強しなければならない社会人としての常識とか遊び、そういうものは何一つ知りませんでした。おはじき、お手玉、ままごと遊び、まりつき、縄飛び、そういう遊びを通して、子供が体で覚えていく友情とか社交、そういうものを覚えるチャンスも暇も、私には全くありませんでした。

ちょっとでも時間があれば、ただただただぶっ倒れてぐっすり眠りたい。それだけが、子供のころの私の願いでした。私は全くの欠陥人間だと、今でも自分を思っております。本当にそう思っております。

まず思慮分別がございません。一般常識にも、もちろん欠けております。何にも知りません。足し算、割り算、……掛け算なんてこんなのがあるでしょう。あれは難しいのね。ニコニコしているけれども、本当は悔しいんですよ。何もできない、できそこないのノータリンです。

昔、私は確かに、そう映画スターでした。映画スターというのは、映画会社の大事な、大切な、人間……ではありません。映画会社の大切な売り物、商品です。ですから、いつもある華やかさと、そして人々に夢を感じさせる存在でなければ、許されませんでした。財布の中はいつもピイピイでも、また、家ではたくわんのしっぽでキュルルルっとお茶漬けサラサラ食べていても、一歩外へ出るときにはきれいな着物を着て、ワア、すてきと言われる存在でなければ許されなかったのです。

スターと呼ばれる人間が、電車とかバスに乗っては夢が壊れるなどと、ばかばかしいことを言いまして、たとえ借金をしても自家用車などというものを買い、ええカッコをしなければなりませんでした。いま考えると、本当にあほらしいようなことばっかりなんですけれども、当時の映画界はそれが当たり前だったのですから、仕方がありませんでした。

けれども、そういう不自然な生活を五年、十年、十五年とずっと続けておりますと、人間というのは情けないもので、だんだんとばかで横着になってしまいます。そしてあげくの果ては、この私のように、いい年をしてもいまだにバスや地下鉄の乗り方も知らないような、何ともへんてこりんな人間が出来上がってしまうわけです。私がいいサンプルでございます。

私が結婚しましたときに、私の夫ドッコイの松山善三は私にこう言いました。びっくりしたらしいんですね。変なのと結婚しちゃったと思ったんでしょうね。「かわいそうな人だねえ、君は。やっぱり、何というのかなあ、ある種の障害者というんだろうなあ」と言われました。

私はその言葉を素直に聞いて、うん、そうだよとうなずきました。自分を知っているのは、だれよりも自分だったからです。人間は、その置かれた環境によってどうにでも変化していってしまう、情けない、弱い動物だと思います。

小学校へは数えるほどしか行けなかった私は、十一歳になったころに、今度は何が何でも女学校へ行きたいと思い始めました。ちょうどそのころ、私は松竹映画から東宝映画に移りましたが、そのとき東宝の社長さんに、月給は松竹と同じで結構ですから、私を女学校へ入れてくださいとお願いしました。

そうすると、社長さんはニコニコしながらこうおっしゃいました。ああ、女学校ね。女学校へ行きたい。いいですね。それはいいことだ。女学校へ行きなさい、行きなさい。これからの女優は、女学校ぐらい出ていなけりゃ恥ずかしいです。ぜひ行きなさい。そりゃあ、いいことだ。うーん、女学校へ行きなさいね、暇をみてね、と（笑）。

暇をみてねというのが、どうも臭いなあと思ったんですけれども、でもまあとにかく女学校へ入れるというので、私は喜び勇んで東宝へ参りました。でもよく考えてみれば、とにかくちゃっかりとお茶の水の文化学院というところへ、試験も何にもなくて入っちゃったんですから、これもまた高峰秀子という芸名のお陰だったわけです。

けれど、東宝へ移ってからはなお忙しい。当たり前です。女学校へやるために、わざわざ松竹から引っ張ってきたわけではありませんから。朝から晩まで撮影の仕事をしながら、女学校へも行くなんてことは、どだい無理というもので、体が二つなければできるわけがありません。世の中、そないに甘いもんやおまへん――。

案の定、仕事に追われまして、文化学院へも一カ月に二日か三日しか行かれませんでした。ある日、私と母は先生に呼ばれて文化学院へまいりました。先生は、母と私に向かってこう言われました――。

高峰さん、文化学院という学校は本当に自由な学校なんです。でも、いくら自由な学校だといっても、一カ月二日しか来ない生徒さんを二年に進級させることは、できませんですよ。ほかの生徒さんへのしめしがつきませんでしょ。ですから、あなたはよく考えて、映画の仕事を辞めるか、それとも学校をやめるか、どっちかにしてください。先生はたいへん困ります、と。

先生もお困りになるでしょうけれども、私はもっと困りました。なぜなら、そのころの私は、もう映画の仕事を辞めたくても辞められなくなっていたからです。養母はもちろんのこと、私の兄弟とか親戚の生活、そういうものが全部、十二歳の私の肩にかかっておりました。

そしてまた、私の周りで働いてくれている女中さん、付き添いさん、運転手さん、後援会の事務所の人、そういう人たちの生活を考えますと、私が俳優を辞めるということは、私自身ももちろん御飯を食べられなくなっちゃうんですけれども、その上に十何人かの人たちがその日から生活できなくなる、ということでした。

人間というのは、生きているだけでも自然にあちこちに義理ができて、責任が重くなって、自分勝手なことができなくなってしまいます。

仕方がありませんから、私は「はい、学校をやめます」とはっきり答えました。そのときはじめて私は、私という人間と高峰秀子というスターは、一人の人間ではなくて、別々の人格を持った女なんだなあということを知りました。いつのまにか子供から娘に成長していた、ということかもしれません。

娘の後期、乙女としての自分を意識するようになりましたのは、空襲で東京中が焼け野原になった、戦争も末期の昭和二十年でした。そのとき、私はもう二十歳になっておりました。私の年はたいへんわかりよくできておりまして、昭和六年は六歳だし、二十年は二十歳だし、これはずっと変わらないのね(笑)。本当にわかりやすくて助かっております。

昭和二十年の八月の初め、私は、ロケ隊六十人余りと一緒に、千葉県の館山というところへロケーション撮影にまいりました。けれど、館山に着いたその日から、これはすごいものでした。アメリカ軍の艦載機の波状攻撃で、一日中、沖のほうから飛んできてバーッと……、本当に戦場のようでした。もう撮影どころの騒ぎではありません。一日中、空襲警報の出っぱなしで、防空壕へ入ってみたり出てみたり、出てみたり入ってみたり、それの繰り返しででした。

それでも、俳優の仕事というのは変なもので、何が何でも朝起きたらメーキャップをして衣装を着けて、いつ出発と言われてもいいように、きちっとして待っていなければならないわけです。夕方になって、日が暮れて、「はい、中止、お疲れさま」と言われるまで、待っていなければならない。変な商売でございます。

そのときも、私はメーキャップを済ませて、ぼんやりと部屋の前の廊下に腰掛けておりました。フッと気がつきますと、演出の山本嘉次郎先生、この先生もお亡くなりになりましたけれども、素敵な先生でして、『馬』とか『綴方教室』とか、ずいぶんたくさんの映画に、少女時代の私を使ってくださいました。その山本先生が、白いハンティングと白いスポーツシャツでスッと立っていらっしゃいました。

先生は、「あ、どっこいしょ」なんておっしゃって、私と一緒に腰を下ろされました。そして、「デコ、何を考えていたんだい」とおっしゃいました。私は何も考えちゃいませんでしたから、「何も考えてない」と素っ気なく答えました。先生はまた、「退屈かい」とおっしゃいました。私は「うん、退屈だ」と答えました。

すると先生は、私たちの目の前がお庭になっておりまして、大きな松の木が一本ありましたので、その松の木を指差して、「ねえねえ、デコ、この松の木はどうしてこっちのほうにこう曲がっているんだろうね」とおっしゃるんです。

私、松の木なんかどうでもいいですから、「わかんない」とまた素っ気なく答えました。すると、山本先生は続けてこう言われました。

あの松の木はさ、向こうのほうが海だろう。だから、その海から、風が少しずつ吹いてきて、いつのまにかこっちへスーッと歪んじゃったんだよ。きっとそうなんだよね。ねえ、そういうふうに、デコもこれからは何を見ても、何だろうな、どうしてだろうなと考えてごらん。

だって、俳優の仕事というのは、たとえば人がたくわんを食べていると、「あらたくわん、ああ臭い」というその臭さを、「ウワーッ、臭い！」と、このぐらいに感じなければやっていかれない商売じゃないか。だから、これからはどんなことでも、何を見ても何を聞いても、なぜかしら、どうしてかなというふうに考えてごらん。

そういうふうにして考えていくと、世の中というのはそんなにつまんなくもないし、退屈でもないよ。

山本先生はそれだけおっしゃると、ヒョイと立って、行ってしまわれました。私は松の木を見つめたまま、茫然としておりました。そして何度か、山本先生に言われた言葉を反すうしておりました。

そうすると、恥ずかしさというんでしょうか。不思議な感情が胸に込み上げてまいりました。考えてみますと、それまでの私というのはあぶくのような、女優高峰秀子という人気に乗っかって、仕事の恐ろしさも知らず、人を人とも思わず、ただぼんやり、ほんわかとして毎日を過ごしてきたのでありました。

その未熟な、若い私に対して、山本先生は曲がった松の木をたとえにして、私の行くべき道、そして考えるべき方向、そういうものをサラッと、あっさりと示してくださったんだと思います。

私は、本当に自分から好き好んで女優になったのではありませんでした。むしろ、女優という仕事を好きか嫌いかと聞かれますと、嫌いと答えます。今日は、女優さんはいらっしゃらないでしょうね。女優なんて、変な商売ですよ。人前で泣いたり笑ったり、裸になってみたり、普通じゃないと思いますよ。自分はやってきちゃったけれども、仕方がありません。

でも女優を続けなければならないとしたら、これは、好きも嫌いも関係ありません。仕事です。第一、ただでやっているわけじゃない。お金をいただいて、そのお金で生活をしているのですから。

ですから女優を続ける以上は、本当に山本先生に言われたように、人がたくわんを臭いというその五倍も十倍も「クサイ!」という感受性を、自分自身で養って、そして今日よりも明日、明日よりも明後日と、少しずつでも上手な俳優になっていかなければ、プロとは言えないんじゃないか。そう思いました。

第一、お金を出して私の映画を見てくださるお客さまに、失礼じゃないか。今日からは、いやも応もなく、何にでも興味を持って生きていきましょう。人の話も努めて聞いていきましょう。学校へは行かれなかったけど、まあいいや、いいや。これからは、私がいるすべての場所が教室だと思えばいいんだし、私の周りにいる人たちはみんな私の先生だと思えばいいじゃないか。そう思うことにしました。

一生のうちに、ああいうことって何回かあるんですね。あのときは本当に、自分の目からうろこがポロッと落ちるような気がしました。何か今までの自分がスーッと遠いところへ行ってしまって、新しい自分が生まれたような気がしました。

そう思って見ますと、私の周りはすべてが先輩でした。映画人というのは少々ガラが悪いのですが、でも私より年上の人たちは、みんな私よりも経験を持っていて、学校の教科書では得られないいろいろなことを教えてくれました。

たとえば東宝のある重役さんは、夕方、仕事が済みますと「デコちゃん、お食事に行きましょうか、帝国ホテル」などと言って誘ってくれます。行き先はいつも銀座の帝国ホテルでした。帝国ホテルでしたと言っても皆さまは、それがどうしたんだ、という感じでしょ。ところが、昔の帝国ホテルというのは「帝国ホテルーッ！」（笑）というぐらいだったんです。すごい、やんごとなきホテルだったんです。

私はそのたびに、ご馳走になるのはうれしいけど、あんな立派なホテルはかたっ苦しくていやだなあと、いつもいつも思いました。まず帝国ホテルへ着きますと、その重役さんは私をロビーへ連れて行くんです。そして、自分はソファーへ座っちゃって、私に、このロビーをこっちの隅から向こうまで歩いて、またこっちへ戻ってらっしゃいとおっしゃるんです。

いやなんですよねえ、それが。とっても怖くって、何となく。それで、イジイジこんな腰が引けて行くわけです。向こうの隅っこへ。そうすると、ホテルのロビーだから、人がいるのは当たり前です。外人、皆さま、ガイジンですよ。昔は、外人なんて一人も見ないで死んじゃった日本人が多かったんですよ（笑）。そのガイジンが大勢いるのね。

これが、英語の新聞、当たり前ですけど、新聞を見たりなんかしているんです。その前を、こんなになって向こうへ行き、またこっちへ戻ってくるんです。いやだな。はい、戻ってきましたと言うと、もう一ぺん行ってらっしゃいなんて、顔はニコニコしているんですけど、言うことはたいへん恐ろしい。で、私は何度も何度も行ったり来たりさせられました。

というのは、これからの女優というのはスッと胸を張って、イジイジしないで、どんな場所へ出ても自然にスーッと歩けなくてはだめじゃないの。あなたが、これから大金持ちのお嬢さん役もやるようになるでしょう。大邸宅で、螺旋階段がスーッとあるところを、あなたは長い洋服を着てスーッと下りるときに、イジイジしていたのではみっともないでしょう。すっと下りてこられなきゃ、だめじゃありませんか、ねえ。

言葉はとてもやさしかったのですが、そのようにおっしゃいました。

本当にこういうことは、実地の教育と言うんでしょうか、貧しく育った私への思いやり教育だったと思います。そのお陰で私は、どんな場所へ出ても、どんな偉い人の前に出ても、私の歩き方、私のしゃべり方で暮らせるようになりました。これは、本当にありがたいことだと思います。

図々しいというのと、ものおじをしないというのは、全く別のことだと思います。私は、学校の教科書や先生からは、何一つ教わりませんでした。でも、撮影所という実社会で働くたくさんの人たちから、礼儀作法をはじめとして人付き合い、気働き、そして人生の甘さ、苦さ、そういうものまで教わりました。

教育とかしつけは、愛情がなければできることじゃないと思います。そういうやさしいやさしい大人たちに出会えたことは、本当に私の幸運だったとありがたく思っております。人間の成長というのは、人から教わることと、そして自分の中で自分をきっちりと見つめ続けること、この二つから始まると思います。

高峰秀子というスターは、確かに人気がありましたよ。お金もたくさん稼ぎました。大きな家に住みまして、自家用車もあり、後援会も大きくて、人々にチヤホヤされました。まるで満開のバラの花のように、本当に華やかな存在でした。他人から見れば、まあ、いいご身分ねえといったところだったと思います。

ところが、そういう高峰秀子のどこからどこまで全部いや、嫌い！　という一人の人間がおりました。それは、高峰秀子、私自身でした。

私は、子供のころからなぜか、しらけ人間でした。何と言うんでしょうね、際限なく自分の目の前で膨張していく高峰秀子という虚像を、このころから、もっとしらけた厳しい目で見つめるようになりました。このころからやっと少しずつ大人の仲間入りをしてきた、ということかもしれません。

そして、私の母もまた、そのころから急テンポに変わってまいりました。母はもう子役のデコちゃんのお母ちゃんじゃありません。スター・高峰秀子さんの御お母さままで、こんなに顔が大きくなってしまいまして、映画界をこんな大きい顔でのし歩くようになってしまいました。

私には付人を付けまして、自分も自分用の小間使いを雇い、朝から晩まで、何だか撮影所の人を呼び集めて、ガラガラガラガラ麻雀ばかりしておりました。しがない女優ふぜいの家だというのに、本当に恐れ気もなく、当時、七人も女中さんがおりました。「七人の侍」じゃなくて「七人の女中さん」です。何をしていたんだか、私にはさっぱりわからない。とにかく、際限なく家は膨れ上がってまいりました。

そして、私の出演料というのは、もちろん全部、母の手にスッと入る仕掛けになっておりました。本当にいやな言葉なんですけれども、当時の私は、母にとって金の卵を産む鶏に成長していた、ということかもしれません。金の卵を産む鶏を、自分だけのものにしておきたい。自分の巣にいつまでも縛りつけておきたい。こう思うのは、親として当たり前のことかもしれません。

けれども私のほうは、いつまでも「はいはい」と母親の言う事を聞く子供のままではおりませんでした。母は、気がつかなかったのかもしれませんが、いつのまにか女性と呼ばれてもおかしくない年ごろになっていたというわけです。

母は、金の卵を産む鶏を離すまいとして、私につけたひもをグイグイと引っ張ります。グイグイ締め上げます。もう苦しくって苦しくって仕方がありません。私と母の間に、いつのまにかさざ波がたつようになりました。風が吹き始めました。

そして、やがて憎み合うまでの闘いが始まってしまいました。母は、私に対して娘というよりは、一人の女性に対するような嫉妬の目を向けて、どこまでも私と張り合うようになっていってしまいました。

親子というのは、仲がよければそれにこしたことはありません。仲のいい親子は、他人が見ても本当にうらやましいものです。私も、いいなあと思うような親子、気持ちのいい親子だなあという親子をたくさん知っています。

でも、負け惜しみではありませんけれども、親子の仲の悪いのも、これはこれで捨てたもんじゃないなあと、私は思っております。私の母は、本当に一見ひどい母親でした。でも、いま考えてみますと、反面教師とでも言うんでしょうか、愛情の強さ、深さ、そして醜さ、欲の限りなさ、嫉妬のおぞましさ、そういうものをいやというほど見せられたことで、私は人生の大きな部分を勉強したと思っております。

どんな子供でも、人生についてはじめて学ぶのは、お父さん、そしてお母さんからだと思います。晩年の母は、何にも信用しない、ただただお金の力だけに頼りました。札ビラを切ることで、コンプレックスから逃れようとしていたのかもしれません。ですから、一層欲張りになって、私からお金をまき上げたわけです。

私は、今でこそ、その母の気持ちが痛いほどわかるのですけれども、当時は自分のことを考えるだけで精一杯でした。母の気持ちを思いやる余裕なんて、全くありませんでした。

母は、子供だった私が少女になり、娘になって、そして母にちょっと、口答えまでいかなくても「でもさあ、母さん」なあんて言おうものならば、もう半狂乱になって、今度は親の権威を振り回しました。

親に向かって何を言うのか。一体だれのお陰で大きくなったと思っているんだ。私はね、あんたのお母さんだよ。私はあんたの親なの。私ね、あんたの親、親、親、親……、朝から晩まで親親親親で、オヤオヤでございました、本当に。

けれど、そういう威しもまた、実は娘が自分の手の届かないところへ飛び立って行ってしまうんじゃないか、という悲しみの絶叫でもあったわけです。

映画スターが何だ、人気なんか何だ、そんなものはあぶくみたいなもので、大したことじゃないじゃないか。人間にとって本当に大事なのは、自分という人間がこの世にいることで、だれかのためになっているか、あるいは、だれかが自分を必要としているか。そういう人間になること、そういう生き方をするのが、本当に生きるということなんだ。

人気スターなどというお神輿から跳び下りて、独りっきりになって、ちゃんと考えてみましょ。こうしていれば、とにかく一日一日と自分が甘ったれになるばかりだ。そう思いました。

私は、よく言えば思い切りがいいというんでしょうか、悪く言えば大変に冷たい人間だと、自分を思っております。私はたった独りになろうと思いまして、それまで母と住んでいた家を母にあげて、麻布へ独りで引っ越しました。けれど、母はそのあげた家を売り飛ばして、その金をポッポへ入れて、私の後ろから麻布へついてきちゃったんです。何もなりませんでした。

そして私は、仕方がありませんから、今度はその麻布の家の庭の隅っこに十坪の家を建て、そこに女中さんと二人、しゃがんでおりました。けれども、母の束縛はいよいよ激しくなるばかりでした。

それで、これは大変だと思いまして、とうとう最後にはその小屋を家具ごと売り飛ばしました。そしてお金をつくって、スーツケース一つ持ってフランスへ行ってしまいました。海外逃亡です。あれは、二十五年ですから、私が二十五歳のときです。

今、その当時のことを考えると、私もずいぶん勇気があったなあと思います。そのころのフランスには、日本人は四人か五人しかおりませんでしたからね。フランス語の「フ」の字も、全然わからないで行ったのです。

でも、勇気があったと言っても、それは本当の勇気ではありません。やけくそ、やけのやんぱち、どうにでもなれ、さあ殺せというような、ものすごい心境でした。恋にも失望しました。金銭製造機でいることにも、空しくなってしまいました。

さて、半年間をフランスで暮らした私は、何をしていたかと言いますと、全く何もしませんでした。独りっきりで時間稼ぎのため、ただじっとしゃがんでおりました。あのときにちゃんとフランス語でも勉強していれば、今日なんか、フランス語で講演していたのに(笑)、怠け者ってしょうがないものです。

とにかくお金がなくなるまで、しょうがないからこうしていよう。そう思いました。お金がなくなっちゃったら、仕方がないから日本へ帰ろう。帰りの切符は持っておりました。そして、そのときに私のファンが一人もいなかったらば、さっさと映画界から消えて、どこかで独りっきりでなんとか生きていこう。そう思いました。

小さいときから貧乏はたくさんしました。貧乏には慣れております。なんとか女独り食べていける自信はありました。貧乏をしたことのある人間というのは、確かにガメツイ人間になります。転んでもただは起きないというしたたかな人間になると思います。そしてまた、強い人間にもなると思います。

フランスから帰りました私は、幸せにもまた女優を続けることができました。本当にありがたいことだと思っています。

もう一つ、うれしかったのは、はじめて母から離れて独立できたことです。でも、独立というと格好のいい、魅力のある言葉ではありますけれども、その独立につきものの責任と義務を考えたときに、今度はその重さに押しつぶされてしまうんじゃないかと思って、たいへん不安でした。

そして、その不安と闘うためには、とにかくただひたすらに汗を流して働くより仕方がない。他人は助けてはくれない。自分独りだ、自分独りだと自分に言い聞かせながら、私はまたヨタヨタと歩き始めました。

やさしい、温かーい家庭にはなかなか恵まれませんでしたけれども、仕事のほうでは本当に恵まれ過ぎるほど恵まれました。立派な演出家にも出会えました。それは、成瀬巳喜男先生、そして木下惠介先生です。そのお二人の先生にかわいがっていただきまして、たくさんの映画を作りました。『二十四の瞳』『浮雲』などが、その当時の作品です。

五歳で子役になってから五十年余りの映画生活で、尼さんとお化け以外は全部やりました。学校の先生、看護婦、タイピスト、ニコヨンのおばさん、お姫さま、奥さん、女工さん、お百姓さん、お妾さん、バーのマダム、芸者、女子大生、おばあさん、女医、ストリッパー、全部やっちゃいました（笑）。ありとあらゆる女性に化けて、芝居をしてまいりました。

出演本数は、こんなものは多けりゃいいというものではありませんけれども、四百本ぐらいになるようです。

このごろ、私は映画を怠けております。というより、自分ではもう十五年ぐらい前から引退したつもりです。昔のファンの方たちから、もっとスクリーンに顔を見せろ、テレビドラマにも出ろと言われます。でも、正直言ってあまりその気はございません。ぜいたくなことかもしれませんけれども、一言でいえばあきたということかもしれません。

皆さんは、まだ五十年におなりにならないでしょう。五十年、同じお仕事を続けられると、おわかりになると思います。もう私も、何の何子に化けるのはくたびれましたですよ(笑)。もう、自分を自分に返してほしいと思うようになりましたですよ。

大した仕事ではありませんでしたけど、五十年以上、ずっと同じ仕事をしてまいりました。人間の赤ちゃんの母にはなりませんでしたけれども、私は私の映画というたくさんの子供を産み続けてまいりました。本当に映画を産み続ける「母」になっちゃったわけです。もうもう疲れ切りまして、ポンコツのヨレヨレでございます。

こうやって、ちゃんと立っているような顔をしておりますけれども、中身はもうボロボロのヨレヨレです。今ここでガタガタッと死んでしまうかもしれません。そのときはよろしくお願いいたします(笑)。

でもまあ、上を見ればきりがありませんけど、私の人生というのはこんなところで十分なんじゃないかと思います。そういえば、こういう都都逸があります。「上見りゃきりなし、下見て暮らせ、下を見て咲く百合の花」皆さまはお仕事とお勉強で忙しくて、都都逸なんてご存じないでしょう。今はありませんよね。おねむの方もおられるようですから、目を覚ますためにちょっと歌いましょう。

(都都逸)

「上見りゃきりなし、下見て暮らせ、下を見て咲く百合の花」

っていうんです。（拍子）

まあまあ人生ってこんなところだと思って、私は満足しておりますけれども、うちの夫ドッコイは、私よりちょっと、ちょっとどころかずいぶん弱めにできております。ですから、もしかしたらば私のほうが生き残りまして、夫の後始末をしなければならないかもしれない。

私は、夫が死にましても、冷たい土の下に埋めたりしないで、何か最寄りの壺にでも入れて、こたつのそばの棚の上にでも置いておこうと思っております。夫の好きな李朝の壺に骨を入れようかなと思いましたけれども、夫は生きている今からたいへん冷え性ですから、陶器の壺では冷たくてかわいそうだと思いました。

いろいろ考えまして、じゃあ木でつくった壺なんかどうかなと思いました。そこで私は、芸術院会員で人間国宝の木工の大先生、黒田辰秋先生、黒田先生は天皇陛下さんちの家具を全部おつくりになった立派な先生ですが、この黒田先生を京都まで訪ねていきました。

そして、私たちの骨壺をつくってくださいとお願いしました。黒田先生は、棗《なつめ》はつくったことがおありですけれども、骨壺ははじめてのようで、びっくりされたようでした（笑）。でも、快く私の願いを聞いてくださいました。

そして、こうおっしゃいました。はい、わかりました。じゃあおつくりいたしましょう。それで、お急ぎですか（笑）。今度は、私のほうがびっくりしました。急ぐといえば、明日か明後日かもしれないし、急がないというと、二十年ぐらいは急がないかもしれません。その返事は、考えて……できませんでした。困りました。

ところが、黒田先生のおっしゃるには、こんな小さな壺をつくるにも、まずご自分が深い山の中へお入りになって、適当な木を一本、探すのだそうです。こんな太いのを。それを見つけたら、一本まるまる伐り出してきて、ご自分のお家の庭で一年間乾燥させる。一年間たったら、やっと型をくりぬいて、また乾燥させる。

そして、よく乾いたところへ、はじめて金箔を三回、塗り重ねるんだそうです。それがきっちり乾いたら、その上にはじめて根来《ねごろ》の朱色、朱を重ねる。ですから、どう早く考えても二年はかかりますねえということでした。私は、まあ二年ぐらいは持つんじゃないかなと思いましたので（笑）、はい二年間で結構でございますと申し上げました。

黒田先生は、またおっしゃいました。それで、おいくつお入用ですか（笑）。私は一つで結構でございますと申し上げました。

二年たちまして、本当に骨壺ができてまいりました。皆さま、骨壺、骨壺と言いますと何かこけ猿の壺というイメージがおありかもしれませんけど、私の骨壺はこんなに小さくて、トマトぐらいです。そして美しい朱色で、ふたには蝶貝で桜の花びらが一枚、象嵌されており、きれいでございました。

ご用があるまでキャンディでもお入れになったらいいでしょう（笑）、二十年もたちますと下地の金箔が浮いてきて、いい味になると思います、という黒田先生のお手紙が添えられておりました。

私はとてもうれしくて、きれいだなあ、きれいだなあと思って、早速、夫ドッコイに見せました。夫は、うれしいような、しょっぱいような顔をしておりましたけれども（笑）、でも喜んでくれました。どちらが先にその骨壺に入るかは、まだわかりません。

でも、年を取りましたらそろそろと死ぬことを考えておくのは、決して悪いことではなくて、むしろ楽しいことだと……、そう思わなくては、恐ろしくていられたものではありません（笑）。

死んで、仏になるのか、鬼になるのか、そこまでは責任持てませんけど、でも皆さん、人間は死ぬまでは死なないんです。死ぬまでは死なないんですから、どうせ生きているんでしたら、居直っちまって一生懸命生きなければ損だなあと、私は思います。

よく婦人雑誌なんかで「美しく老いよう」なんて書いてありますが、あんなの、うそですよ。美しく老いるなんて、そんなことは不可能です。年を取れば、男も女もとにかくヨレヨレになって、しみだらけ、しわだらけでクッチャクチャになってしまいます。

でも、年を取っても、何か心のやわらかな、スマートな、しゃれたおじいさん、おばあさんになることは、できるんじゃないかなあと私は思っております。

もう時間がない、時間がないという感じですけれども、私、とてもくたびれましたです、口が（笑）。

皆さん、しつこいようですけれども、もう一ぺん申し上げます。本当に死ぬまでは死なないんですから、お互いに一生懸命にスマートに生きてまいりましょう。

今日はどうもありがとうございました。（拍手）

（昭和六十年十月二十日、神戸国際会議場・メインホールにて収録）

（『済生』一九八六年一月号）

わたしはアタマにきた　映画『東京オリンピック』をめぐって　（40歳）

「エリア・カザンにほめられて、よかったね」

「ウン、僕は〝エデンの西〟ちゅうとこや」

イキの悪い漫才のような会話だが、これは去る日の、市川崑氏と私の『東京オリンピック』という映画についての対話である。

この一週間あまり、『東京オリンピック』に対する賛否両論の記事が、必要以上の鳴り物入りでジャーナリズムを騒がせた。簡単に言ってしまえば「記録性がないからダメ」という否定組と、「人間が出ていてイイ」という賛成組に分かれている。

市川さんありがとう

つまり、スポーツ・ファンとスポーツぎらいが出合いがしらにゴッツンコしたようなものだ。その火花のはげしさに、私もあわてて問題のオリンピック映画を見に行った。いや、オリンピック映画ではなく、タイトルは『TOKYO・オリンピック』である。

結果はうれしいことに、市川崑氏というすぐれた監督を改めて認識したほどに私は満足して映画館を出た。映画は常識的な「記録映画」ではなかったけれど、正しく、TOKYOにおけるオリンピックであり、「参加することに意義がある」という、クーベルタンのことばを、このように生き生きと美しく表現した五輪映画ができたことに感動した。そして、市川氏に「おつかれさま、ありがとう」と心の中でつぶやきながら、上を向いて歩いた。

瞬間の表情存分に

競技の記録や、あの感激の日の丸をもう一度この目で……と期待して見に行く人には『TOKYO・オリンピック』は不満かもしれない。が、それを上まわる良さがあると私は思った。

まず、人間そのものに興味シンシンの私には「より高く、より速く……」のためにせい一杯の力をふりしぼる各国の選手たちの、演技ではない迫力を、表情を、歓喜を、孤独を、その瞬間の人間を存分に見た。というだけでもじゅうぶんであった。これが「人間の記録」でなくて、なんだろう。

「人間がこうしていろんな競技にいどんだ、という姿をかきたかった。一国民として、もっとも感動したのは、九十カ国以上の人々がはるばる〝平和の使者〟として日本へきてくれたことだ。この感動を中心に映画をまとめたつもりだ。私は単なるニュース映画にはしたくなかった。私がねらったのは過去の記録を再現するだけではなく、現在から未来にかける人類の事をかき出したかった」と市川氏は言っている。そして市川氏はその意図をじゅうぶんにフィルムの上に描き出した。

彼の作品見たのか

市川崑氏は、日本の映画監督の中でも特に個性の強い人である。たとえば長いエントツが横長のシネスコにはいりきれないからと、エイとばかりに真横にエントツを写す人なのだ。そんな奇抜なカットがちゃんと納まるような映画を作る人なのだ。その特異な感覚や個性があればこそ、演出家として映画界に存在している市川崑氏なのだ。市川氏を知る人は、そんなことは百も承知なのだ。映画監督は単なる編集者ではない。自分に内在する力でものを生み出すひとりの作家なのである。

私は、黒澤明氏にかわって、市川氏がオリンピック映画の総監督に選ばれたと聞いたとき、「お役人もなかなかしゃれた人に目をつけたじゃないか」と思った。が、しかしこれは私の早トチリだったらしく、関係者は、そんなに大切な仕事を任せる「市川崑研究」どころか、もしかしたら氏の映画を一本も見たことがなかったのではないだろうか。でなければ、完成したフィルムを「編集しなおせ」の「もう一本作れ」のといった非礼なことが言えるはずがない。

不勉強なお役人

作家はそうそう変われるものではないし、市川氏は「御用監督」になりきれるほど要領のよい人でもない。「だれが勝ったか、負けたかは、重くみようとはしない」という市川氏の言葉を、関係者は、フィルムが完成してからはじめて聞いたというのだろうか。過去に作られた「民族の祭典」が、記録映画やコーチや選手たちの無二の教科書だったといわれるが、市川氏が国定教科書を作るはずもないし、「記録映画の〝記録〟という文字にこだわった批評には反論する気もしない」と言っている。食いちがいもそこまでいったら話し合いの余地は全くない。市川氏は任せられた以上はクドクドとかんでふくめるように自分の意図を説明する必要はないと思ったのは当然だし、任した方の認識が足りなさすぎたのではないだろうか。

「記録映画」と一言にいっても内容のうけとり方が、市川氏と組織委員会ではずい分ちがっていたようである。私からみれば、お役人の不勉強の結果が「批判」という偉そうなことばになって出た、としか思えない。

無邪気な人河野氏

それにしても「専門家に任せすぎた。ボクには不可解だ」という河野国務相のことばは無責任すぎて情けない。マラソン・コースを望遠レンズで追ったユーモラスなシーンに対して「あれでは坂道を走っているように見える。知らない外国人はひどいコースだとフンガイするぞ」に至っては、なんて無邪気な人だろうとほほえましくなる。一休、外国人があのシーンを見て、そんなことを考えると本気で思っているのだろうか。

ご自慢の高速道路やスタジアムがたっぷりと写らないことは不満かもしれないが、「この映画はオリンピックの汚点だ」などと乱暴なことばをはくなんて、少なくとも国務相と名のつく人物のすることではない。逆にいえば、このていどのオジサン方が、よくまあ、あんなりっぱなオリンピックを開けたものだと感心したくなる。

映画知らずの作家

乱暴といえば、文章や活字を生命とする作家が、開口一番「ダメだ……」とはまたキビしいことである。「勝った瞬間、日の丸が上がらなければオリンピック映画として困る……編集しなおすべきだ」といわれても、映画は編集をしなおせば「なおる」というものではない。ケシゴムで消すようなわけにはいかないのだ。映画をあまりに知らないそのことばに、映画人は説明する気力さえ失うだろう。

「記録映画だから、ただ写したものを編集すればよかったのだ、前にシナリオができていたなんてそもそもヘンだ」という声もあったが、映画作家を起用する以上、作家の意思がそこに作用することは当たりまえではないか。シナリオといっても、いつ、何が飛び出すかわからないオリンピックのことだから、もちろん簡単なコンテニュイティーにすぎない。たとえば家庭の主婦が買い物かごを下げて夕食のおかずを買うために家を出るとき、あらかじめの献立てと予算を立てて出かけるのと同じようなものと思えば間違いない。市川氏は「人間」を追究するためにはぜひともシナリオを必要としたのだろうと私は思う。

ないものねだり

スポーツ関係者、その他の人たちが、二言目には「民族の祭典」を持ち出すが、あの映画が人々の感動をよんだのは、今から二十余年も前のことだ。映画には古典がない。映画はいつの場合にも、ある時代の、ある瞬間を鋭角的に切りとるものだと思う。

オリンピックのために、道を作った人には「道が写ってない」ことが不満だろうし、ある選手は「自分の好成績が画面に出ないこと」に不満だろうし、スタジアムを作った人には「りっぱな建築が刻明に写っていないこと」に不満なのである。あちらを立てればこちらが立たずで、いずれもそれぞれの理由はもっともだと思うけれど、お根性まるだしの発言が多くてどうしようもない。全部の人を満足させるためには、何本オリンピック映画を作っても不満はたえないだろう。

「説明が足りぬ」「勝敗がわからぬ」「だれがだれやらわからぬ」という不満は、この映画に関してはある種の「ないものねだり」であって、ただ市川氏を困惑させるだけなのだ。私がもし市川氏の立ち場にいたら、カッカとアタマにきて「勝手にしろ……」とフィルムを投げ出してしまったかもしれない。

何本でも作りなさい

どうしても「記録」にこだわるなら、一部の人がいうように、ただニュースをつないだ「記録映画」を作ればいいのだ。何本でも納得のゆくまで作ったらいい。どうせ私たちの税金は満足のいく使われかたはしていないのだから。私は、死んだニュースより生きた記録映画の方が好きだ。そういう根本的な批評、感想なら、市川氏だけでなく、映画人全体として素直にその批評をかみしめて、自分の血肉にすることができる。「記録映画としてダメだから、ゼンゼンダメ」では、市川氏は憤死するより仕方がない。

根本的に食い違う

オリンピック映画という「お国の大事?」が、このような大きな波紋になって広がったことは、私からみれば「根本的なくいちがい」にふりまわされた感じで、あまりみっともいい話ではない。しかし、考えてみると、今日の社会には「根本的なくいちがい」でムダな議論をしていることが多いようだ。事前のじゅうぶんな打ち合わせのあとに、両者が一つにとけ合って一つのものを完成し、そこからはじめていろいろな批判が生まれたのなら、どんなにスッキリとしただろう。グチのようだが、私はそれを考えるとなんだかくやしい。言ってみれば他人のことなのに、他人ごととは思えぬほど、モヤモヤとして気が重いのだ。これは、私が三十五年余も「映画」と共に生きてきた映画人のひとりとしての気の重さかもしれない。

なぐられてもいい

思うがまま、筆の走るままに、私はここまで書いた。私は三年ほど前にも、とつぜんカッカとアタマにきて「批評家への疑問」という長い文章を三回にわたって朝日新聞に書き、批評家の諸氏からコテンパンにブンなぐられた。イワク「女優のくせに生イキな……」「だまって演ればいいんだ……」と。けれど「根本的なくいちがい」のもとに、正論、反論、駄論、珍論、暴論を、一身に浴びてたたずむ市川崑氏を見たとたん、私は三年前にブンなぐられた痛みを忘れて、こんなことを書きたくなった。こうなったらやぶれかぶれ、またブンなぐられるのは覚悟の上である。

(『東京新聞』一九六五年三月十八日夕刊)

衆議院逓信委員会放送に関する小委員会全発言　（46歳）

＊いつから日本人はこじきになったのか――低俗化したテレビ界の内幕を暴露し、各界にさまざまの波紋をおこした問題の発言〈第六十五国会衆議院逓信委員会放送に関する小委員会より〉

＊

昭和四十六年二月十日（水曜日）　午後二時一分開議

出席小委員――

小委員長・水野清君

内海英男君／加藤常太郎君／佐藤守良君／羽田孜君／林義郎君／古川丈吉君／本名武君／森喜朗君／阿部未喜男君／武部文君／樋上新一君／栗山礼行君

出席政府委員――

郵政省電波監理局長・藤木栄君

小委員外の出席者――

逓信委員長・金子岩三君／逓信委員・土橋一吉君

参考人

放送番組向上委員会委員長・高田元三郎君／参考人・松山秀子君／逓信委員会調査室長・佐々木久雄君

本日の会議に付した案件

放送に関する件（放送番組に関する問題）

＊

（水野清小委員長・発言内容要旨）

最近の放送番組の現状について、〈第六十五回衆議院逓信委員会放送に関する小委員会〉は調査中。松山参考人（高峰秀子）からは質疑応答の形式で御意見を承る。

（林義郎小委員・発言要旨）

映画産業は発達の過程でだんだん悪化した。テレビも同様の過程で番組の低俗化・退廃化の傾向が見えてきたと思う。

松山参考人（高峰秀子）「私は、さっきも年の話が出たんですけれども、この仕事に入って四十二年やっております。四つのときに映画界に入りました。そのときはもちろんなにもよくわかりませんでしたけれども、だんだん大きくなりまして、いろいろな時代がありまして、戦争中は戦争ものですね、兵隊ものといわれましたようなもの、戦後はチャンバラものがはやったときもありますし、純愛ものというんですか、そういうものがはやったときもあります。または喜劇がはやった時代もあります。時代、時代でいろいろな時代がありましたけれども、とにかくエロとかグロとかこういう大低俗の時代というのはいま初めてだと思うんです。それは映画の場合もそうですし、テレビの場合でも同じだと思います。

第一、テレビというのは少しキー局が多過ぎるんじゃないかと思うのです。NHKが二つ、あと民放が四局ありますけれども、これがみんな一生懸命いいものばかりを競争してやっていただければいいんですけれども、ついつい低俗なふうに流れていっちゃって、それがまたあの視聴率なんていうばかばかしいものがありまして、たった五百台ほどのテレビでやっているらしいんです。ネコが見ていてもそのときにスイッチが入っていればいいっていうことで全く当てにならない。あんなものを一番にしたければ、カステラかなんか持って五百軒回れば、すぐ一番になっちゃうと思うんです、極端に言えばね。ですから、私はあんなものはばかばかしいと思うんです。なくなった大宅壮一さんという方が、何年か前にテレビを評して、一億総白痴と言いましたけれども、あのころからほんとうにそのことばが正しかったんです。ですから、いまごろこんなことを――こちらは雲の上らしくてなかなか聞こえてこないのかもしれませんけれども、下界のほうではずっと前から言っているんです。ですから、私もちょっとおそ過ぎるんじゃないかと思います。

それで低俗、低俗といいますけれども、やはり考えていくと、放送に携わる人たち、現場の人たちももちろんですけれども、現場の人たちというのは上からきたのを注文を受けていろいろ仕事をするわけですから、結局はプロデューサーなり社長ですね、上に立つ人の教養と、それから使命感みたいなものが足りないんじゃないかと思います。結局はもうそのことだけじゃないかと思うんです、私。いろいろと事情があることはわかるのですが……。ちょっときょう音声が悪いですね。」

（林義郎小委員発言要旨）

出演者の立場、芸術家としての俳優の立場から、どぎつい役の演出に対してものを言うことはできるものなのか。

高峰「たいへんむずかしい問題だと思います。私の場合を申し上げますと、あまり長くこういう仕事をしているもんですから、やはり顔が出まして皆さんに見ていただく仕事ですから、だんだん長くやっておりますうちに、何か責任感みたいなものをだれにも教わらなくても感じてきちゃうわけです。いまさらおしりをまくったりなんかするのはちょっとぐあいが悪いので、そういうことをやめましょう。私は「二十四の瞳」なんというので学校の先生なんかになりましたから、あれでずいぶんいい人だと思われちゃったんですね、実はそういう人間じゃないのですけれども。でもああいう役をやりまして、それがたまたま小中学校を動員しまして、何か大ぜいの人に見ていただいちゃったもんですから、ありがたいようなありがたくないような立場になりまして、いやおうなくマジメ人間になったようなところもあります。

私は、大体映画界に入りたくて入ったんじゃなくて、気がついたら映画界にいたわけです、四歳からですから。いろいろ回りを見まして、うれしいようなことはあまりない。どうも回りを見てもおもしろくない。私は、顔も子供のときはかわいかったんですけれども、だんだん鼻なんか大きくなり過ぎちゃって、どうも美人女優としては通用しない。それならばどういう映画に今後出ていったらいいだろうかと考えましたときに、やはり家族連れで見てもらって、そうして心の中に何か持って帰れるような映画に出ていきたいと思って、ずっといままでそのつもりでしてきたんです。ですから、私はそういうふうに初めから思っていたからいいんですけれども、さあ途中から俳優になりたくてなった人で、さか立ちしても何してもいいから人気がほしい、お金もほしい、有名になりたい、そういう人ははじめは低俗も高俗もないんじゃないですか。

俳優は個人個人みんな違うんです、生活もかかっていますしね。でも映画会社の専属——私も東宝にいたこともありますし、松竹にいたこともありますけれども、専属はなかなかむずかしいんです。これはだき合わせ映画といいまして、お正月なんか自分の気に入った脚本にも出してあげるかわりに、こっちの何とか珍道中みたいなのにも出なさいと言われると、いやと言えない場合が多いんですね。ですから専属俳優というのはなかなかむずかしいと思うんです。私はたまたまフリーですからいやなものは断わる。出たいものには出るってはっきりできますけれどもね。なぜああいうものに出るのかといわれても、私もときどきテレビを見て親の顔が見たいやとか、子供ははずかしいだろうなと思うけれども、その人にはその人の事情があるのだからしかたないと思います。
それから、テレビというのは、このごろでは映画の人も芝居の人もみな出ますけれども、昔は映画界でだめになっちゃった人というと悪いですけれども、映画界でもう使われないような人たちがテレビにざあっといったわけなんですね。いまは映画のほうもだめになっちゃいましたから、映画のスターといわれた人もみんな出ておりますけれども。――ちょっとお答えになりませんね。でもこれはむずかしいです。人みんな個人個人で違いますからね。

（林義郎小委員発言要旨）

俳優と、映画会社、テレビ会社を分ける方向にはもっていけないものか。例えば渡辺プロといった、所属の芸能プロダクションが倫理基準をはっきり守っていくことで、俳優一人一人が制作会社と対抗できないか。

高峰「なかなか一人で自分を売り出すということはむずかしいです。サンドイッチマンみたいに看板を下げて歩いてもしようがないし、やはりどこかのプロダクションなりマネージャーなり、そういう人に自分を売り込んでもらわないと、なかなかできないと思います。渡辺プロというのは、ずいぶん問題になっているようですけれども、あそこにはあそこの理屈がありまして、このタレントを売り出すにはどのくらいかかっているんだと、こう言われるのです。そこで育ててもらっている人たちは、だんだん自分に人気が出てくると、ほかへ行って自分の力だめしをしたいとか自分の力でやりたいとか思いますけれども、そのときに渡辺プロの力はなかなか大きくて、そうか、おまえ出て行くのか、こんなに恩義になったところへあと足で砂をひっかけるとは何ごとだ、それじゃちょっと待ってなといって、あっちこっち声かけて干しちゃうのですね。こういうことはないとはいえないかもしれません。

また何とか何とか歌謡番組がたくさんありますね。そういうところへ局のほうから、だれとだれとだれを歌わせろ。そこへちょこちょこと二人ぐらい千円ぐらいの人をつけるのです。局のほうでそこまで厳選しないのです。ですから、何か三人が網にかかればいいので、そのあとざこが出てきたけれども、そのざこも百回出れば有名になるわけですから、それでだんだんあそこは売っていくわけです。それは出演料は安いけれども、顔を売ってやるということで、一緒に恩も売るわけですね。これはマネージャーとタレント、それからプロダクションとタレントというのはなかなか切れない。相互扶助ですからだんだんまた多くなっているように思います。

それから俳優の場合も、いま映画会社の専属というのはほとんどありません。年間で何本契約というようなことはありますけれども、それも年間二本なら二本契約しますと、その二本を十二カ月に分けて月給をもらうというような俳優さんはございますけれども、全然一年間まるがかえというのは、ことばは悪いけれども、そういう俳優さんはあまりいないのです。そうすると、自然にそれもプロダクションをつくる。五人なり十人なり集まりまして、プロダクションをつくることになるのです。これはだんだん多くなっていくんじゃないですか。なかなか一人の力じゃできませんから。よほど自信でもあって、映画会社を飛び出して一人で何もかもやっている俳優さんというのは五人ぐらいだと思います。」

（林義郎小委員）映画のチェック機関として映倫というのがある……。

高峰「あるようですね。――あるようですねという程度です。」

（林義郎小委員）映倫というものは現状のままにしておいていいものなのか。

高峰「それが、私がりっぱな映画ばかり出していただいているものですから、映倫にひっかかったことがないからわかりません。でも正直なことを言って、あるようですねという程度なんじゃないですか。何かごまかすというと悪いけれども、何となく製作者のほうの思うようになっているのじゃないかと思いますね。確かにテレビのほうが影響力が大きいのはもう当然です。映画はいま低俗は低俗ですけれども、この観客年齢というのが、昔私がまだ若かりしころ、いろいろいい映画に出ていたころは十八歳から二十二歳くらいだったのですね。いまは十一歳から十四歳くらいまでなんです。みんな親にお金をもらって、そのお小づかいで行く人たちですね。またはあぶく銭みたいにのらくらしているお金で行く。自分たちが働いたお金で映画を見るというお客さんが少ないのです。そういうお客さんたちばかりにしたのは映画界が悪いのです。これもテレビと同じで、五社なんというものはぶっつぶれちゃったらいいと思うのです、みんな思いきって解散してみて、はじめからやり直さなければ、一人の俳優を干してみたり、そんなことぐちゃぐちゃやってないで、全部だめになってつぶれて、それでみんなでつくりたいからこの指とまれみたいな、いまフランスではそうですけれども、少なくともそういう形式になっていって初めていい映画ができていくと思います。とても私はそれまでもちませんから、死んでしまいますけれども、そのうちにそうなっていくのじゃないかと思います。いまの状態ではほんとうに悪くなっていくばかりだと思いますね。

それから、テレビの低俗、低俗といって、低俗とは一体何かと考えてみると、やはり卑しいこととか卑劣だとか暴力だとかエロだとか、そういうことが低俗になるかもしれませんけれども、私はテレビをあまり見ないのですけれども、チャンネルをひねるとクイズ番組をやっていて、大した理由もなく何だかいろんな物をもらったり外国に行ったりする。あれが低俗の中の最も卑しい部類に入るのじゃないかと思う。いつから日本人はこんなこじきみたいになったのか知らないけれども、やたら物をくれるじゃありませんか。何か当てると物をくれたり石鹸くれたり、いろんな物を山のごとくもらう。ああいうふうになっていくと、茶の間にすわっていてテレビをじって見てて、ははあ、はがき一枚書いてそれがもし当たれば香港に行けるというなら、みんな書きますよ。自然に働く意欲なんかなくなります。話がとんちんかんになりましたけれども、私はとても卑しい中の最高だと思います。クイズ番組の中で物をくれるということはもうやめたらいいと思うのです。」

（高田元三郎参考人発言要旨）

先ほど松山さんが、これは局の首脳部あるいは制作者、その人の認識の問題じゃないかということをおっしゃったが、そのとおり。結局、局の首脳部や制作に当たる人たちにそういう気になってもらわなければ、われわれのほうでいかに努力したところで、実効はあがらぬと思う。これは一に放送事業者の認識の問題であって、その人たちにテレビの公共性を十分認識してもらって、その上に立って番組を制作してほしい。

（森喜朗小委員発言要旨）

芸能人はなぜ豪華な生活をしなければならぬのだろうか。生活がかかっているからなのか。「ハレンチ学園」の大辻伺郎なんか、ひげの先生をやっておりますが、父の大辻司郎は漫談家で、芸で名をあらわした。あんなばかげたことをやって、一体自分で恥ずかしくないのかとよく思うのだが、あれをやらなければ「ハレンチ学園」なんかでき上がらないと私は思う。生活のためというよりも、芸能人だと贅沢をしないと、何か世の中で合わないのじゃないか、そういうふうに芸能人はみんな思っているのじゃないか。

芸能人の姿勢というものを改めていただくような、そういう考えをひとつ。

高峰「お答えいたします。

シナリオにはシナリオ作家協会、監督には監督協会、いろいろありますけれども、俳優協会というものはないのです。あるんですけれども、できないのです。なぜかというと、みんなお山の大将だから。それで、きょうは百万円取っていても、あしたは十万円に下がっちゃうかもしれない。きょうは百万円取っていても、足でも折ればあしたはただになっちゃうかもしれない、そういう人間の集まりだからできないのです。養老院をつくろうという話も初めあったのです、俳優たちがお金を出し合って。でも、この俳優は十円出すけれども、こっちは百万円出せる、こっちは五十円出す。出演料がみんな違うのです。その出演料は言わないことになっている。ですから、みんながそろって百円ずつ出しましょうということができなくて、とうとう養老院ができない。こんなことが多いもんですから俳優協会というのはできないのです。

いま大辻さんの話が出ましたけれども、大辻さんっていい役者なんです。だけれども、あんなものに出てほんとうに恥ずかしいだろうと思うけれども、大辻さんには大辻さんの事情もあるし、もしかしたら恥ずかしくないのかもしれませんね、私、そう思うのです。だからしようがないと思う。大きなおせわでしょう。

それから、生活がかかっているということばは、ほんとうにあんまり上品なことばじゃありませんけれども、いい自動車に乗って、いいうちに住む。それはやはり人によって違います。そういう人たちはそういうファンを持っている人たちです。いい着物を着て、いい自動車に乗っているからすてきだわというファンは私は要らないけれど、それも各個人で違うわけなんですよ。ですから、そういう人たちは、たとえば歌手を誹謗するわけじゃありませんけれども、わあなんて歌をうたっている人たちの中には住むに借金してまでいいうちを建てて、いい自動車、外車に乗って、いい洋服を着ている。それによってファンが集まるのです。歌がへただからそういうことで補うということもあるでしょう。とても極端ですけれどね。ですから、そういう人たちはそういうファンを得るには、そういうことをするのにむちゃくちゃにかせがなければならない。それで勉強するひまがないとかなんとかいって、一年ぐらいで消えていくのもまた運命なんです。

大辻さんはいい役者なんですけれども、いい役がこないのじゃないかと思います。これは幾ら俳優が私はじょうずなんだ、私はどんな役でもこなせるんだと思っても、「ハレンチ学園」しかこなければそれに出るよりしようがないのですね。ですから、どうしても、俳優は才能があってもチャンスがなければだめ、チャンスがあっても才能がなければだめ、この両方がぴたっといったときに初めて世に出ることができる。しかし、その人の根性によって、一年ぐらいでだめになっちゃうし、それを百年は続かないだろうけれども、ずっと続けることもできるのです。ほんとうに情けないと思います。俳優はあくまで素材にしかすぎません。

それから、さっき御自分たちで——御自分たちでつくったんでしょう、向上委員会というのは。それであんなに何かいびっていらっしゃいましたけれども——そうじゃないのですか。自然にできたんですか。大体お幾ら予算があるか知りません。私はとても向上委員会というのはりっぱなメンバーだと思います。もう皆さんに一千万ぐらいずつ月給をあげたら、みんな何もかも投げうって一生懸命やると思います。私はお金が足りないと思う。それから活動資金も足りないと思う。これ二つだと思います。だって皆さんほんとうにりっぱな方たちで、それともう一つ一番大事なことは、権限を持たせてあげることだと思います。権限がなければ、幾らお金があっても何にもできないのです。もっとお金をあげてください。」

(武部文小委員発言要旨)

低俗番組、俗悪番組、そういうものが氾濫する、その原因はスポンサーにあるのか、それとも責任者にあるのか、制作者にあるのか。

高峰「映画の場合もそうですけれども、やはり両方じゃないかと思います。スポンサーでもいろいろありまして、視聴率さえよければいいというんで、初めからどんなものでもかまわないからといって、俗悪でも何でもいいから買うというのもあります。それから私の経験では、たった一つだけ、視聴率は関係ありません、それから品のいいものにしてくださいと、それだけしか言わないスポンサーがありました。それはNETのポーラ名作劇場でしたか、それからＴＢＳの東芝日曜劇場でしたか、あそこはそういう気持で、何にも、何というのでしょうか、受けるようなものをやってくださいとか、そういうようなことを全然言わないところなんです。ですからやはり両方あるんじゃないですか。――よくわかりませんが。

それから映画の場合というのは、少なくとも東京で一週間上映されます。それから全国を回って、大体一年ぐらいかかるのです、一本のフィルムを消化するまで。テレビというものは、何しろぱっと映ってぱっと消えてしまうので、批評家の商売がテレビの場合成り立たないのです。批評したときにはもう終わっちゃっているし、それに、ずいぶんゆうべの番組はひどかったよといっても、どうひどかったの、とてもひどかった、ああひどかったの、それで終わってしまって、どのようにひどいのか、もう一ぺん見てみようということができないんです。ですからこれもほんとうにとてもむずかしいことだと思うのですね。

ですから、テレビというのは、さっきから私言っているのですけれども、局が多過ぎて、朝から晩までやっています。それをみんな見ていないんです。当事者も全部は見ていないです。きっとその局の社長さんも見ていないでしょう。現場の人たちも見ていない。自分はこういう低俗なものをつくってやれ、それで、自分は自分のつくったものだけは見るでしょう。でも、ほかが全部もっと低俗なものをやっても、知らないのです。映画の場合もそうです。申しわけないんですけれども、私は映画の俳優ですけれども、このごろちっとも映画を見なくなったのです、それがいい証拠なんです。つまんないからです、一言で言えば。テレビの場合も、みんなあくせくあくせくつくるはつくるのですけれども、ちっとも見て反省したりなんかすることができないんです。それはビデオをもう一ぺん回すということはたいへんにお金もかかるし、時間もかかるし、それに追いまくられているので、そういう反省の時間がないんですね。ですからもう悪く悪くなっていくだけなんだと思うのです。やっつけ仕事というのか、何とかごまかしてその場をやってしまえばいいという。

ですから俳優でも、脚本家に渡されたせりふをてにをはもきっちり覚える俳優というのはもう何十人ぐらいしかいないんじゃないかと思います、何千人俳優がいても。それらしいことを言えば済んでいくんです。ですからそういうきびしさが全然ないんですね。映画だと、これは何といっても五十五日間、ちゃんとした映画だと四十五日から五十五日間撮影期間があります。それで繰り返し繰り返し、とても最高のカットがとり終えるまで粘ることもできますけれども、テレビの場合は何しろ五十五日間かかる一時間のものを一日でとってしまうんですから、それはもうそれらしいことを言ったんならいいやということで済んでしまう。ですからだんだんにきびしさがなくなってくると思うんです。映画はほんとうに、さっきもお話が出ましたけれども、お金を出して入らなければならないけれども、テレビは茶の間でごろんとひっくり返ってスイッチを入れれば映るでしょう。ですから映画よりもずっとずっともう影響が大きいし、ぱっと消えていくものだからこそ、もっときびしく、もっと一生懸命やらなければならないと思うんです。

それから時代劇なんかでも、話がちょっと変なほうにいっちゃいましたけれども、時代劇なんか見ても、私たちが見るとひどい刀の差し方をしていて、時代考証がなっていなかったり、たいへんめちゃくちゃなんです、その場さえ済んでいけばいいという。歩き方もできないような俳優が歩いていっちゃって、あれはひどいなと思っても、もう次のカットになるからそれでごまけてしまう、そういう場合が多いんです。でもそういうことは、たとえば中学生にしても、へえ、当時はあんなたばこ盆があったのかとか、当時はあんな刀をさしていたのかとか、ぴっとそういうことを覚えちゃう。たいへんそれはこわいことだと思います。ですから、消えていくものだけに、もっときびしく、もっと一生懸命にみんなが仕事をしてくれるといいと思うのです。

それから、よけいなことですけれど、やはりアメリカにはナイトショーというのがあります。ナイトショーは十二時から一時まで。ナイトショーが終わるとレイトショーってのがありまして、レイトショーが終わるとレイト・レイト・ショーというのがありまして、五時ごろまで古い映画をやっております。でも、日本の場合も、深夜放送ですか、もうずいぶんいろんなものをやっておりますが、テレビもラジオもやはり十二時でやめたらよろしいいんじゃないですか。十二時からあとは、もう寝たらどうでしょうかね。」

（樋上新一小委員発言要旨）

コマーシャルの問題について。いい番組の最中に、ひどいコマーシャルが登場することがあるが、そのコマーシャルの内容によって、そのタレントが、そのコマーシャルはいやだといえるのか。コマーシャルがどこで制作されて、拒否権が会社にあるのか、スポンサーが押しつけるのか。

高峰「困っちゃった。私やっているからね。

ちょっと弁解させていただきますが、私、確かに「田辺のハイベストン」なんてやっております。いいですね、それは商売だから。それはなぜかと言いますと、いまから四年くらい前に、タッパーウエアーというアメリカの冷蔵庫の中に入れる、食料を入れて貯蔵する弁当箱のようなもの、あれとても高いけれども、あれの宣伝をしていたんです。なぜアメリカの会社の宣伝をしたかと言いますと、社長がジャスティン・ダートという車いすに乗った人、——あの人小児麻痺なんですけれども、その人が日本の施設の子供たちのために、三百六十五日のうちの一日の売り上げ全部を日本の身障者に寄付してくれたんです。それをありがたく思っちゃいまして、そういうところだったら私がCMをすることによってもっと何かやってくれるんじゃないかと思って、二年か三年くらいあそこのコマーシャルをしたんです。やはり毎年それをしてくれました。それからチャリティーショーなんかしまして、全国の身障者とそのおかあさんと看護婦と、全国から汽車賃、飛行機代を出してくれて、武道館に集めて、そして私たちに——私は歌も踊りも芸なしですからしませんけれども、いろいろな人を集めてショーを見せてあげ、それも全部自分が謝礼を払ってくれて、そういうようなこともしてくれたんです。非常にありがたいと思ったんです。

ところが、あの品物は、とにかく二十年という保証つきなんで、売るだけ売っちゃったらもう二十年は売れないんですね。私がなぜあの会社のあの商品を宣伝したかというと、それより十年も前に私、アメリカで偶然その品物を買っておるのです。それから十何年たってからその仕事を頼まれて、そのときもう十何年たってもそれはこわれずにちゃんと使えている。それでこれは非常にりっぱなものだと思って、自信を持ってコマーシャルをやっていたんです。ところが、いろいろと事情がありまして、二年だか三年だかでやめました。

今度田辺になりましたときに、あすこの社長さんが、秋田医大かなんかの教授だったんです。田辺という会社はつぶれそうになって、その教授をスカウトしまして、田辺が立ち直ったというような会社で、これはすごい、社長さんもそういうことをしてくれるのじゃないかと思って、おっちょこちょいだものですからあそこへ——それがどうもしてくれないのですね。大体大阪のほうに住んでいてあまり会う機会もないので、でも、その内にお願いしてみるつもりです。

私は大体コマーシャルをする場合には一社にきめているのです。鯨の肉の宣伝したり薬の宣伝したりラーメンの宣伝したり、そんなふうにいかないので、いつもコマーシャルの仕事をするときには一社にきめているのです。いまは田辺一社なんです。その前は松下電器、ナショナルですね、いまちょっと評判が悪い。あれを戦前から続けて十七年やりました。やはり俳優というのは長い間こういう一つの仕事をしておりますと、結局何を売るかというと、芸なんというのはたいしたことはないのです。ものまねですから、みんな似たり寄ったりで。ですから、何を売るかというと、俳優というのは信用を売るよりしようがないのです。その信用で十年が二十年になるか、二十年が三十年になるか。私なんかも何で薬の広告をしなければならないのかわからないけれども、結局は信用みたいなものが少しあるそうなんです。その信用でお金を出してくれているわけです。そのタレントの信用を見せてものを売るとか、ただテレビに出てきてもあっと裸になって人目を引けばいいとか、商品をやたらと出してその商品の名前を覚えさせればいいとか、いろいろなコマーシャルがあると思うのです、スポンサー側に。

大体コマーシャルフィルムというのは一年契約で、一年に四回季節季節にとるのです。ですから、その映画の間に入る絵が適当じゃないといっても何でも、もう三カ月前にとっているからだめなんです。ですから、それがどんどん入っていってしまうので、これはやっぱりスポンサー側の、ただ人目を引けばいいのだとか、このタレントの顔を覚えさせる、商品の名前を覚えさせるのは二の次でいいのだとか、そういう態度によると思うのです。それで、スポンサー側はその程度の意見しか初めは出しません。制作する側がいろいろなコンテを何通りか出します。じゃこういうものはどうでしょう、こういうものはどうでしょう。でも、変なものを出さなければスポンサーのほうも、じゃそれでいきましょうと言わないわけですから、結局人のところでやっていないような、目を引くようなどぎついもの、どぎついものになっていくのじゃないかと思うのですね。これはどっちが悪いとも言えないですね。

コマーシャルは短いですから、さっきも言ったようにドラマと違って、批評家の問題ですけれども、どんなのと言ってみることができるのです。あれは短いでしょう。大体一分と四十五秒と三十秒と十五秒と五秒なんです。コマーシャルというのはそれだけつくるのです。そうすると、短いからちょっちょと出てくるものですから、なるほど、きのういいと言ったけれども、いいねといって競争心が起こって、残念ながらコマーシャルのほうがすぐれたものがあります。ドラマの場合だとさっき言ったように二度見ることができないですね。」

（樋上新一小委員発言要旨）

高峰さんはなぜ劇に出演されないのか。脚本があまり自分の気に入ったのがないからテレビには出られないのか。映画から遠ざかって、テレビのほうに出ようかとコメントされたこともあったと思う。

高峰「実にお粗末なお答えで申しわけないのですけれども、くたびれるのです、テレビは。

私はずいぶん長く映画をやっておりますけれども、その映画の中でも非常に仕事に恵まれておりまして、いい映画にずいぶん出していただいて、いい映画というと変ですけれども、お金もかけてちゃんとした俳優で、ちゃんとした脚本でというと、どうしても五十五日はかかる。その前の企画から携わると半年かかります、一本つくるのに。それでいいとか悪いとか言いながらのんびりつくっている仕事ばかりしていたものですから、まあテレビの忙しいといったらないのです。私は連続なんというのをたった四回ですけれども『霰』というのがありました。へたばっちゃったのです。でも皆さんこうして三カ月、大体ワンクールというと十三回、十三回の次に二十六回ですね。それから一年、五十二回になって、とてもじゃないが五十二回なんて私はできない。テレビというのは三十歳くらいの人がやるのであって、私みたいなお婆はとてもじゃないけれどもくたびれちゃってしかたがないのです。

五十五日かかってとるものをとにかく一日でとってしまう。その前の日と前の日がけいこです。その前の日が本読みです。全部で四日か五日なんですね。それじゃ一冊の本を――主役というものは大体相手の言うせりふを覚えなければこっちもしゃべれませんからね、自分ばかりべらべらしゃべっているのじゃないのですから、こんな厚い台本を三日で覚えろと言っても、私のようなちょっと頭脳障害で言語障害ではとても覚えられないのです。ですからどうしてもさっき言うように、それらしいことを言う要領のいい俳優さんが出るようになっていくのです。

それと皆さんはお色気があるので御存じでしょうけれども、淡島さんとか乙羽信子さんとか京マチ子さん、これはみんな同じ年なんです。ところが亭主持ちは私だけなんで、彼女らは独身なんです。独身でなければできないのです、忙しくて。ですからとてもおもしろいと思うのは、そういう連続に出ている女優さんというのはみんな独身なんです。それほど忙しくて肉体的にたいへんな仕事なんです。

つまり、私はダメな奴なんでそういう理由でなまけて一年に二回くらい「東芝日曜劇場」、単発といいますけれども、一時間もののいいものがあったときには出る。あとは「ハイベストン」なんてお茶をにごしているわけなんで、これはただ、私がなまけ者だというだけです。

それと映画に出なくなってからずいぶん、五、六年私はテレビに出なかったのですけれども、映画が不調になりまして、いまによくなろう、いまによくなろうと思っているうちに六年もたってしまった。私はほかにすることがないのです。ほんとうに何にもできない。四つのときから映画界にしかいたことありませんから、いまさら何かしろと言ってもできません。雑文なんか書いてますが、一枚二千円や三千円の原稿料をもらって、そんなものを必死になって書いていたってだめだし、自分の仕事といえば自分が顔を出して芝居をすることですから、やはりテレビしかいくところがない。でも、私は亭主がなかなかかせぐので別に食うに困りませんから、いるよと存在を示すというくらいでいまはなまけているわけです。

　これでお答えになったかな。何か全然違うことを聞かれたのじゃないかしら。」

（樋上新一小委員発言要旨）

　もう一ぺん映画にお帰りになるという気持ちは？

高峰「とても間に合いませんね。それまでに映画がまた復興してくれれば――何とか復興してくれるように思っていますけれども、とても間に合わないと思います。

　それから、言い忘れましたけれども、テレビというのは、連続に出ますと、そのディレクターですね、演出者がちょこちょこかわったりするんですよ。びっくりしちゃうんですね、これ。映画だったら、この監督でというので、五十五日、幾ら何だってその人が来ますけれども、テレビの場合は、十回この人で三回この人でみたいに、押せ押せになっているのです。やっぱり役者というのは、見てくれる人が対象ですけれども、その人たちが芝居と違って目の前にいません。対象というのは監督なんです。監督と話し合って、監督と勝負するのが役者の楽しみというのか、それだけなんだと思うのですよ。それが監督がひょいひょいかわられたら、とてもたまらないのですね。そういうことにがまんできない。でもテレビの人たちはそれがあたりまえで、テレビというものはそういうものだからそれでやっているんです。

でも私はちょっとがまんができないということと、それから脚本が、連続だと五十二回一緒に渡されるものじゃありません。一本済むと、はいよといって次のが来ます。そうすると、それが長ければむぞうさにぱっぱかぱっぱか時間に入れるために――これはほんとうにいけないことだと思うのですけれども、いま一時間ものだったら四十七分ですか、四十七分何秒にぎゅっと詰めるためにむぞうさに切ってしまう。ですからつじつまが合わない変なドラマができるのです。そういうことも何もじっくりと、これは脚本家に悪いんじゃないか、こんなにむぞうさに切っちゃ悪いんじゃないかとか、そういうあれもないんです。実にずさんといえばずさんだし、それがまあテレビだといわれればしかたがないのですけれども、長年、克明な仕事ばかりしてきた人間には、とてもそういうことが耐えられない、そんなことでいいものかなと思って。

そんなことがあるものですから、私としてはこわくってあまりテレビに出ないのですけれども、もちろん、いいものがあって、時間をかけてじっくりやってくれれば、老いの一徹で一生懸命やります。」

(栗山礼行小委員発言要旨)

一つの発想として、それでもなぜテレビに出られるのか。また、もう一つは、映画の社会とテレビの社会というものにどれだけの相違点があるのか、ということについて。

高峰「先ほどちょっとお話しいたしましたけれども、私がテレビが始まってから五年ぐらい出なかったのは、長い間映画界で御飯を食べさせていただいたから、何とかもう一ぺん映画がよくなるまでがんばっていたいと思ったんです。でも私はどこの会社の専属でもありませんから、月給というものがないんです。出なければ何年でも一銭もお金が入らない。それでも私は、何とか映画というものがもう一度よき時代がくるんじゃないかと思って期待してたんですけど、五年待っても、六年待っても――いま、ますます、もっと悪くなっていますね。それで、しかたなくテレビに出始めたというだけの理由なんです。

それともう一つテレビに出なかったのは、前はビデオがなかったんです。ドラマでも何でも同時で、なまといいますけれども、なま番組で、しゃべっていて間違えようが――しゃべっていたら、そばにあった手すりが落っこっちゃった、こうやったら、手すりが落っこちゃったんですよ。それでもかまわないでやらなくちゃならない。とり直しということが全然できない。しゃべっている女優さんのまげが、途中でぽこんなんて落っこっちゃってもしようがない。そういうのを見ていると、恥ずかしいというのか、おそろしいというのか、あんなものをお客さんにみせていいものなのか、何もあんなにしてまで出なくてもいいんじゃないかと思って、もうちょっと練習もできて、完全にとり直しもできて、人さまに見せても、間違ったせりふも言わない、ろれつが回らないようなものを見せるのは恥ずかしいし、ちゃんとおけいこの日数なり何なりがきちんとしたら出ましょうと思って待っていたわけなんです。様子を見ていたわけなんです、なかなかずるいから。その二つの理由です。

　それからもう一つ、何でしたか、忘れちゃった。――もうくたびれちゃったですね、少し。何でしたっけ。映画の世界とテレビの世界の相違でしたか？

　映画はやはり克明なもの、たとえば一冊にまとまった小説とすれば、テレビは週刊誌の読切りとでもいうのでしょうか、ちがうものだと思います。テレビの命は情報の伝達だと思います。テレビというのは、初めから私たちは電気紙芝居と言っていましたけれども、何かキャメラというけどキャメラじゃないんです。何かむぞうさに、ぼんなんて床をけっとばすと、すっとそのキャメラが動いて、それでそのとまったところで画を合わせるという非常にむぞうさなもの。映画のキャメラというのは、一センチ違ってもキャメラワークというものが変わってしまいますから、非常に神経質になる。すべて克明で、全然違うものなんです、あれは。ただ片一方は映っていればいいみたいな、だから電気紙芝居なんて言うんですけれども、映画の場合はやはりスタッフも六十人ぐらいいますし、それが何だかんだ一生懸命になって克明な仕事をするものだと思うのです。

　それと、映画というのは非常にけしからぬことなんですけれども、非常に安いんですね、月給が。それは映画会社がけしからぬことなので、何だおまえたちは、とても映画が好きで入ってきたんだから、そっちから月謝をよこせみたいな態度なんです。これはとってもけしからぬ。だけどもがんばって、その少ない月給でも、三度のめしより好きといいますけれども、ほんとうに好きで好きで大好きでやっている人が多かったんです、映画というのは。その好きな連中がやるというのは、仕事に喜びを感じちゃいますし、月給なんかもう、御飯なんか食べなくてもいいやみたいな人たちの寄り集まりだった。

しかし、これがやっぱりだんだんだんだんそうじゃなくなって、労組ができたりいろんなことになって、お昼になると、まあたとえばの話、ワーワー泣いているシーンがありますね、ワーワーワーワー泣いていても、お昼のポーが鳴ったらみんなそしらぬ顔をして外へ御飯を食べに行っちゃう。こういうことじゃやっぱり映画というのはできないのです。やっぱり十二時十分過ぎても、泣くところだけやってもらえば、あとはまた違うところをとれるけれども、ワーと泣いている最中に、めしだと言っていなくなる。そういうような仕事じゃないと思うんです、かん詰めつくったりなんかするのと違いますから。

そういうことで、一つは映画というものがちょっと、だんだんだめになっていったんじゃないかと思うのです。もう、しゃくし定規でできるような仕事じゃないんですね。それと、だんだん人もそんなぐあいで少なくなり、テレビというものもできますし、だんだんだんだんしようがなくなっちゃった。それで、そのつくるものはそれこそテレビと同じで、だんだん低俗なものになっていっちゃった。いいものばかりとっていれば、いいものしかないから見ますけれども、悪いものをつくれば、どうしても低いほうに流れていっちゃうんで、だんだんだめになる。テレビもそういうところは同じですね。

それはどうしてそういうことになったかということは、ずっと考えていけば、映画会社の上層部が悪いからですよ。教養がないというのか、先見の明がないというのか、映画を愛していないということなのか。テレビもやはり同じで、同じ道をたどっているのだと思います。

（水野清小委員長発言要旨）

参考人の各位に一言お礼を申し上げます。長時間にわたり貴重な御意見を承り、まことにありがとうございました。本件調査に資するところ大なるものがあったと、本小委員会を代表して厚く御礼を申し上げます。本日はこれにて散会いたします。

午後四時五十二分散会

（『婦人公論』一九七一年五月号）

＊高峰秀子以外の発言者の発言内容は編集部で要約した。

街頭録音

＊１９４０年代
（23歳）


――デコちゃん、いいセエターを着てるね。それ最近買ったの？

「ううん。自分で編んだのよ。こう見えても手先が器用よ。」

――そりゃ危ないな。もう少し離れて下さいね。

「まあ失礼ね。あわててガマグチをしまい直したりして……。」

――しかし出来心ということがあるから……。

「まあひどい。私怒るわよ。」

――ごめんごめん。子供を怒らせちゃ大変だ。

「あら、私もう子供じゃないわよ。今度母親になるのよ。」

――えッ。これは驚いた。デコはいつ結婚していたの？

「ちがうわよ。今度エノケンさんと『リリオム』を撮るでしょう。そこで私リリオムの恋人で母親になる役をやるのよ。」

――なあんだ。映画か。ああびっくりした。そういえば、『クリスマスの休暇』でダアビンが人妻の役をやってたけど、見た？

「ところが見てないのよ。だって混むでしょう。立って見るとくたびれちゃうんだもん。」

――タチミ柳太郎だね、新国劇の。

「じゃあ私も負けずにシャレを言うわ。ええと『苦しみますの休暇』……どうお、うまいでしょう。」

――古い古い。僕なんかシャレル・ボワイエだからね。

「あら、私だってシャレ・テンプルよ。」

――それはそうと、このごろダンスはやっていますか。

「ところが今『大江戸の鬼』の撮影があるし、それに電車がとっても混むでしょう。ついオックウになっちゃうの。」

――デコちゃんは世田谷区の住人だったね。今度の新区名で世田谷区は変らないんだね。

「新区名といえば変な名前ばっかりね。だって自動車屋さんみたいに大タク（大田区）だとか千代タク（千代田区）とか墨タク（墨田区）とかタクばかりね。」

――いっそのことエンタクとかボロタクとかすりゃあいい……ええとなんの話をしていたっけ？

「ダンスの話よ。」

——ああそうか。そのダンスですがね。あれは男でなきゃ駄目だ。

「どうして？　だってダンスは男と女が一緒に踊るものでしょう。」

——ところがそうでない。ダンスは昔から男のものです。だってダンスのダンは男だもの。

「なあんだ。またシャレ？」

——とにかく交通渋滞が蔓延するのは実際困る。早くなんとか解決してほしいね。それにはいい政治家を出すように清き一票を僕も投ずる。今度は棄権しないよ。

「じゃあ私も棄権しないわ。」


（『映画ファン』一九四七年五月号）

当たって砕けろ！　（25歳）

「危いよ、そこどかなきゃあ、なにしろヒョロヒョローッとどこへ飛んで行くかわからないんだから――」

――いいよ、デコちゃんの矢に当たってみたいよ、世の男性が誰でも願っていることを、及ばずながら僕が代表して、的になってあげるよ。

「おあいにくさま、的はずれサ。

ハッシ！　と何かにぶつけてみたいんだけど仲々そう簡単にはいかないで、ヒョロヒョロ、ソッポにいっちゃうんだ。」

――と、デコちゃんは歎いている。天下のデコちゃんでも、思うようにいかない事があるんだナ。

「私の腕、細いでしょ、だから弓なんかやると少しはガッチリするかもしれない。でもただ射るだけじゃつまんないや、馬かなんかに乗って、颯爽と走りながら射るんでなきゃあ

――このキューピッド、インディアンのように跳ね廻って、ちっともじっとしていない。云うことと、スタイルだけは抜群である。秋風よ、なさけあらばつたえてよ、ここにうるわしき女性ありて、青空に向かいて弓を射ると……。

ところで、獲物は何なの？　やっぱり恋人かい？　そんな眼付きじゃ当たんないよ。

「何いってんだい、当たって砕けろ！　サ。」

――。」

（『映画ファン』一九四九年十一月号）

パリで恋う日本の味　永坂の更科

＊1950年代（29歳）

私が麵類を食べるようになったキッカケというのが、お古い話でキョウシュクながら、パリ旅行なのであります。

それまでは、うどんやおそばは食わず嫌いという奴で（あのニョロニョロしたものが、お腹の中にとぐろを巻いて納まったところを想像するとどうもいけません）、ぜんぜん食べた事がなかったのであります。

ところが、パリへ発つ日の夜、羽田へゆく時間が余ったので銀座を一まわりするうち東京とのしばらくのお別れに何か日本的なものを食べようかなということになって、生れて始めて自分からそばやののれんをくぐったのであります。

六月のはじめで、ちょいとむしむしする晩で、ブッカキの浮いた冷ムギが馬鹿に美味しかった。パリへ行ってからも、日本の食べものを思い出す時、にぎりや、うなどんやてんぷらに何時《いつ》かおそばも仲間入りをするようになったのであります。

帰ってきてからはもちろん、そばファンになって、「そんならいいとこへ連れてゆこう」というんで、食べさせられた永坂の御前そばは、殊に美味しかった。

何しろまだ食べ始めてからの年季が浅いので、ヤブだかスナだか、何だかよくは判らないが、何といっても、割箸に上手い工合にひっかかってちょいと汁につけてツルツルッと口の中へタグり込むあの味は、如何にも庶民の味、下駄ばきの味、風呂帰りの味、そして淡々とした日本の味。更科は創業三百年とかいう事でありますが、私は根性曲りなので、殊に食べものに関しては説明不要の主義で、そういう曰くインネンはきかない事にしています。美味しい。これで四方円満。気楽に食べられる、これも更科そばの一つの大きな魅力なのですから。

最近私も永坂町へ引越したので、お客様にも御前そばをサーヴィスして喜んでいただいている次第であります。

（読売新聞社社会部編『味なもの』現代思潮社、一九五三年六月）

おたずねします

（31歳）

――新家庭の朝・昼・晩というところから一つ……

「結婚して、まだ三カ月しかたっていませんので、正直なところ何が何だかわかりません。主人は家でシナリオを書いたり出かけたり、私も仕事が始まると家にはまったく落ちつていない悪い奥さんです。

でも、お互いに仕事の理解さえあればこまかいことは何とでもなってゆくのではないかと思います。といっても、それに甘えていないで、とにかくいい奥さんになること、それが私の今の望みです。」

――今、お撮りになっている作品は？

「木下惠介先生の『初恋』に出演しています。劇の背景に飛驒の高山を選んだので、二十日間のロケーションにゆきました。町には小川が流れ、柳があって、美しい山にかこまれたきれいな町でした。そこに住む平凡な若い未亡人に私がなって初恋の人に再会するのですが、女にとっての家、心、時間、恋のいろいろのものがどう表現できるか、目下不安の真最中というところです。」

——最近ご覧になった映画で感銘深かったものは？

「映画そのものより『スタア誕生』のジュディー・ガーランドの演技と、『現金《げんなま》に手を出すな』のジャン・ギャバンの演技が今でも心に残っています。」

——花が大へんお好きとか伺っていますが、ご自分でお活けになることがありますか？

「活花などというものではありません。手当たり次第のメチャメチャ流ですが、お花はぜひ習いたいものの一つです。」

——洋服など気にいると四年も五年も愛用されるそうですが、そのことについて……

「自分の色と流行については私はとてもガンコです。気に入った服地は二着も三着も型を変えて作るのです。また、女優の仕事をしているくせに、何カ月も服を作らない時もあり、四年も前にアメリカで買ったコートは、七分のコートになり、短いジャケットになり、いまだに愛用しているのです。」

——身長、体重、バスト、ウエストを……また美容法も……

「身長は五尺二寸、体重は百ポンド（十二貫）、バストは三十三インチ、ウエストは二十三インチです。美容法は別にありませんが、よく眠ること、寝る前にはお化粧を全部落すことです。」

――このごろ流行のファッション・ショウについての映画人としてのご感想は？

「日本で着られないようなスタイルは興味がありません。美人は何を着ても美しいのだと思いますが、個性というか、人間味というか、そういうもので服を着る、そんなショウがみたいと思います。」

――いわゆる広告のモデルとしてのお考えは？

「フランスから帰って最近までどこの会社とも広告モデルの契約をしていませんでした。こんなことをいうと、ナマイキだといわれるかもしれませんが、その商品を使ってみて、あるいは他の方がお使いになって、「なるほどよい商品」、「すぐれている」とわかり、まあ早くいえばその商品が私に納得がいかないとなんだかその商品の広告モデルとして契約することはいけないことだと私は思っていたからです。

ところが、このたび、〝松下電器・ナショナル〟と広告モデルの契約をしました。ナショナル製品は信頼できる電化製品だと、私の知人やお友達もいっています。ですから今後皆様とはスクリーンのほかに、ナショナル製品とともにお目にかかるわけで、私は広告モデルとしても、よい仕事をしたいと思っております。」

（『アサヒグラフ』一九五五年七月二十日号）

服装あれこれ

（31歳）

秋、それも私の一年じゅうで最も好きな十月がもうすぐにやってくる。私はこの季節だけは仕事も何も放り出して怠けほうだいに怠けたい。

澄んだ空をぽかんとながめて暮したり、ぶらぶら当てもない散歩をしてみたり。暑気が去って空気も落ち着いて、人はようやく本腰で仕事に取り組もうという月なのに、私はまるでその反対に、十月だけは私の休日としたいのはよほどの怠け者と認めざるを得ない。

秋といえば私の頭にはすぐさま半袖のジャージーの軽いワンピースが浮かんでくる。私のもっとも好きな服装の一つである。

私は体を締めつける服が大嫌いなのでつい冬はスェーター、春と秋にはジャージーの服で過ごしてしまう。商売柄、必要に迫られて柔らかい感じのものも写真うつりのよいものも作るには作るが、仕事以外にそれを着ることはめったにない。年から年じゅう同じような布地で同じようなスタイルのものを変りばえもせずに着ていて、今更ながら自分の頑固さに呆れてしまうくらいである。何を作ってみても結局は、自分が安心して着ていられるという、自信には敵うものがないということである。

したがって、気に入る布地が見つからなければ何カ月も服を作らないが、これと思ったものがあれば同じ布地を二着分も三着分も買いこんでしまうくせがある。スェーターなど気に入ったら最後、うすくなってすいてみえるくらいになるまで着てしまう。

四年前にアメリカのデパートで買ってきたつるしんぼのキャメルのオーバーコートを七分コートに直し、半コートに直し、また短いジャケットに直して、未だに大事に愛用しているような工合である。

そんな風だから作っても一度も手を通さない服ができてくる。それならそんな服がうんとこさタンスにぶら下がっているだろうというとそうではない。私は着もしないものを無駄にしまい込んでおくことができない性分だし、それほどお金もあるわけでもないのでこれを片っぱしから処分する。さいわい私のかかりつけの洋服やさんはとても親切で、頑固な私の性分をよくのみこんでいて、私が仕事で忙しい時などもこういう始末を全部引き受けてくれる。

なおしものは心よくしてくれるし、自分の意見をおしつけず、古い（といっても水をくぐったこともない代物だが）ものを何枚か売っては新しい布地をさがしてきてくれるまめまめしさである。

服装に限らず、靴でもハンドバッグでも、私は自分の色、チャコールグレー、黒、それに若干の柿色、ダークグリンのほかは、ウインドウでいくら心をひかれても、ダンコ買わないことにしている。

だから人がみたら、商売に似合わずものを持っていないなと、思われるかもしれない。けれど私はそれで満足である。

うんと上等なものを、ごく少量に持つ、それが私の理想なのだが。

とにかく私は俳優の仕事でも止めて奥さん商売専門にでもなったら、ますます洋服ダンスの中味は少なくなって、そうすれば、したがって、チョキンの方も少しは溜ってくれるのではないかなど、いささかの希望をもっている次第である。

（『装苑』一九五五年十月号）

いつ仕事をやめてもいい心構えはしています。

（31歳）

結婚してからは長期にわたる撮影の映画には出ないようにしたいとおもって会社へもお願いしたのですが、なかなか思う通りになりません。先だっても京都へ二十五日間もいってまいりました。結婚してから四本も撮りましたのよ。家をあけることが多いのでまだ家庭生活が板につかないのです。夫婦喧嘩するヒマもないんですよ。撮影のない日は主人と一緒に勉強のために映画見物に出かけます。わたしの芸について主人は殆ど批評しません。仕事と結婚生活とは真剣に考えれば両立しないと思います。仕事のために家庭を犠牲にしようとは思いません。この決心をしてから結婚したのですから。いつ仕事をやめてもいい心構えはしています。子供は二人くらい欲しいですがまだ一、二年は産まないつもりですの。

（『アサヒグラフ』一九五五年十二月二十八日号）

私の顔

（32歳）

私の顔は、もともとデッサンが狂っているらしく、何時《いつ》の場合も画いて下さる諸先生方をなやますので恐縮してしまう。

長い間、映画の仕事をしているので、いやでもおうでも自分の顔をスクリーンの上にまた鏡の中に見なければならない。したがって自分の顔がどんな造作かは自分が一番承知しているつもりである。

お菓子で言えば、出来そこないのシュークリームのようであり、野菜で言えば新じゃがいも、兵隊の位で言えば先《ま》ず二等兵である。

表紙画の私は、いささか美しすぎて、私はくすぐったくて仕方がない。宮本三郎先生も案のじょう私の顔をながめながら、「むつかしいね」と溜息をなさったが、私が『変な顔ですみません』と心から（?）言ったのが功を奏したか、大分おまけをつけてかくのごとくの美人ぶりとなったようである。

（『婦人公論』一九五七年一月号）

私は私

（33歳）

ジェームス・スチュアートが好きです。演技がとても自然でおしつけがましいところがない。何かあの人の人間が、そのまま画面ににじみ出てくるような感じ。こせつかぬ大らかさにとても魅力を感じます。

演技の研究といっても、私には特別お話しすることはありません。私は私なりのことをするとしかいえない。演技とはその人自身を生かすこと、そう思っています。それには、その人自身をきたえて豊富にしてゆくより、向上はありません。

三十年俳優をやって得た結論は、「素人にかえる」ということです。どんなにうまくても、作為の見える演技は嫌いなのです。自然には、新しいも古いもありません。結局〝演技論〟などというより、ひとりひとりがやってみる以外にないんじゃないかしら、その人自身の体で。頭の中でひねくりまわしても出てくるものではありません。

演技の常識ということでも、その人によって違うものなんでしょう。私の場合は、その映画からはみ出さないこと、どうやってフレームの中におさまるかいつもそのことを考えます。役にとっつく手がかりといえば、本（シナリオ）を読んで、監督さんが、その作品の中で、どういうものを意図しているか、まずそれを理解しようとする。本を見て、半ば想像し、半ば白紙で出るわけですけど、二日ぐらいすると、テンポ、キャメラのアングルその他で大体監督さんの表現の仕方が判る。最初のラッシュで、作品の狙いも大体わかりますから、その中に自分の役をどう納めるか、判断するわけです。でも一カットでも撮りはじめてしまえば、サイはふられたことなので、オロオロ考えたって仕方がありません。それ以前の、本をよくよくよむことの方が、大事なことだと思います。

　舞台では、スポットライトが一人一人の俳優を照らして行くし、極端に言えば、板の上を歩いている芝居なので、誇張された演技も必要なのでしょうが、しわ一本でもむき出しに写る映画では、何をどう作っても、かくし切れるものではあり得ないし、舞台以上のよりらしいうそを追うためには、そしてフレームの中におさまって演技するということから、私は、自然な姿の方が好ましいと思います。形の上よりも、役の人物の気持になることが、表現の手がかりになるでしょう。たとえば、役がきまってから、あわててその役を研究しに行っても、表面だけのことしかわかるはずがないし、それよりふだんの生活の中で、知識や理解力を深めることが、何よりも役者にとっては必要だと思います。その上で、役の人物の立場や、まわりとの関係などに注意を払って行けば、その人物を通して、もっと大きなものも表現できるようになるんじゃないでしょうか。

自然な、といっても、映画では、二年間の話を一時間で表現しなければならない。素人にかえるといっても、演技は、見せるものであるにはちがいないのです。その時々の一番重要な動きや表情を、どういう風に圧縮して見せるかということが、演技の鍵といえるかもしれません。エノケンさんの演技は、いらないものはみんな捨ててしまって、どのカットでも一番必要な顔だけする。とくに喜劇の場合には、テンポをはやめるために、それが大切なんだと思います。

今は出たいと思う作品にしか出ませんが、三十年の間には、どんな作品にでも出なければならない時期というものがありました。やむを得なかったともいえますけれども、必要でもあった。その中で、少しずつ自分というものをつかんできたように思います。いやなことは何もしないでいきなり娯楽映画だからだめ、芸術作品だから出て、芸を深めたいといっても、それですぐ演技の巾がひろがるもんじゃない。もまれて、抵抗し、妥協もし、時間もかけて、その中で自分を生かしていって、はじめて納得が行くのです。一＋一でわり切れるものではありませんし、そんな安易なことではだめです。スピード時代にこんなことをいうのは、私が古いのでしょうか。また、何か一つのものに突入して、それがものになれば、ほかのことだって理解できるようになると思う。ある時期の演技の積み重ねというか、その中で自分をつかむこと、それが演技体験なのでしょうか。

演技の中では、一人一人の持っている何かが、どうしても画面に出てしまいます。俳優の勉強に限界がないといわれるのも、演技の奥にある俳優自身に関してのことでもあるんでしょう。成瀬巳喜男先生が、同じ演技を何回やってみても、結局、一番はじめのものが好い、とおっしゃった。自分は年よりだから、何回もやらしてみる気力がないんだよ、とお上手なことをおっしゃいますが、考えさせられます。木下惠介先生も、台本にあるセリフどおりにしゃべれとは、必ずしもおっしゃいません。「感じが出ていれば、少々ちがってもかまわない」と。その代り、演技する方では、その感じということで、セリフの奥にある複雑な意味を、何とかつかみ出して表現しようとします。楽しくもあり、苦しくもあり、とにかく勉強になります。

映画の演技は一人でやれるものではないし、自分自身だけの計算より、一本の映画における自分のうけもつかずを知ることが大事です。「二十四の瞳」で十のものを一人で表現するとしたら、「幾歳月」では、佐田さんと五ずつ出し合って、あわせて十にする。呼吸《いき》が合わないと芝居になりません。私はガンコに自然を尊重しますから、映画が今後どんなに変って行っても、そして映画が私を受け入れなくなったら、私は自然消滅するより仕方がありませんし、私はそれでもいいと思っています。

（『映画芸術』一九五八年二月号）

ニューヨークの日本映画見本市から帰って　デコの見たアメリカ　（33歳）

――『喜びも悲しみも幾歳月』で一九五七年度のシルバー・スター（読者の選定する国民映画賞）受賞おめでとうございます。『二十四の瞳』の時と同様に、はじめから独走にちかい形で……。こちらとしては少しは競りあってもらいたかったのですが、こいつだけはどうも（笑）。

「どうも有難うございます。『二十四の瞳』でいただいたので、こんどはあまり期待していなかっただけに、びっくりいたしました。本当に嬉しくて……。とくにシルバー・スターの選定は読者の方でしょう。読者の方といえば、映画館でお金はらって見て下さる方ばかりですから感激もひとしおです。観客の支持をうけているという生《なま》の形で出たのですからね。これを機にさらに勉強をつんでいきたいと思っています。」

――お願いいたします。ところでアメリカ旅行も二度目でしたね。いかがですか最初の時にくらべられて。

「一回目の時は旅券のこともあって滞在も短かったものでほんのワシントン、ニューヨーク、ロサンゼルスをとんで歩いたという程度でしたが、こんどは日本映画祭のあと、わりあいのんびりできましたから。どなたもおっしゃるように、やはり人間が機械に使われている感じでしたね。ニューヨークでは芝居や映画を見てあるきましたが芝居はミュージカルを四つ見ました。越路吹雪さんもこういうのをやってみたらと思うのがありましたね。なんていったかな、『ニュー・ガール・イン・タウン』(バーナード・ショウの『ピグマリオン』)というのです。そのほか映画でなじみのあるフレデリック・マーチがオニールの芝居に出ていました。」

――日本でも東宝スターによる『海抜三二〇〇米』公演とか轟夕起子さん、山田五十鈴さんの舞台出演が話題になっていますが。

「いいことですよ。いままでは舞台の人ばかり映画に出ているのですから。ヒマがないせいもありましょうが、映画の人が舞台に出なかった方がおかしいぐらいですよ。」

――高峰さんの場合は。

「私は出たくありませんね。これからも映画だけやっていきます。」

――アメリカでテレビにお出になったそうですが、日本のそれにくらべて、設備、スポンサーのあり方などは、どうですか。

「CBSのテレビに出ましたが、ちょっと顔を出したというだけですよ。日本との比較は、私、テレビにはあまり縁がないので知りませんが、なんでもCBSというのは四千万人の聴視者をもっているというだけあって、みごとなものですね設備など。」

――こんどの旅行でお会いになった人は。

「珍しい人ではハリウッドでアドルフ・ルーカーというアメリカ映画の初期に活躍された人に会いました。八十一歳とかいわれましたが私が行った時、出てこられましたが立派でしたね。物腰、態度とも……。ニューヨークではジョン・ガンサーさんが、わざわざカクテル・パーティをひらいて下さいました。この席にはドナルド・キーンという『青い目の太郎冠者』を書いた人や、谷崎潤一郎先生の小説の翻訳をやっていられるライフの方に紹介されました。」

――ニューヨークで旦那さま（松山善三氏）とお買物をされたことが、睦まじそうに報道されておりましたが、あれは何を買われたのですか。

「あら、あれは靴ですよ。こちらからもっていったのがはけなくなったので、一緒に買いに行ったのですよ。そうしたら、最初は子供の靴を買わされたりしましてね。はじめての旅で足が風土病のようなものにかかって、はれあがっちゃったんですのね。このほかにも、一緒にバーにいきましたら、お店の主人が、この人は二十一歳になったかときくんですよ。私はこの人のワイフですよと説明しましても、ワイフはわかっているが、大人になっているとは思えないといいましてね。あとで大笑いしました。」

——日本の映画スターとしてうけた、喜びと悲しみのようなものはありませんでしたか。

「大体日本映画の見本市に出席したくらいですから、会う人、見るもの、ちょっとした日本ブームのなかへ入っていったようなものなんですよね、今度の旅行は。ですから最初からその点の扱いがきまっていましたので別に感じるようなことはありませんでした。」

——日本映画の見本市もこれで二度目のようですが、われわれの耳に入るのはいい面のニュースばかりです。これは各映画会社の人がそれぞれ自分の社の肩を持って強調しているからです。果して現状はどんなでしょうか。位置とか評価ということをふくめて。

「ニューヨークの見本市というのが、日本映画を売るためにやっているのか紹介を通じての日米親善のためか、そこがまだはっきりしていないようですね。また単なる評価とか位置ということになりますと、これはまだまだ大変なことではないですかしら。なるほどこんどの見本市の会場には五百人しか入れないという狭いせいもありまして、満員の盛況でしたが、ほとんどつめかけているのが、興行関係の人で、批評家などは招待しないせいか、ほとんど見かけませんでした。

新聞のスペースなども、見本市のことは、ほんの小さくしかのっていなかったし、太刀うちするのはこれからの問題でしょうね。」

——帰国されて、さっそくお仕事のようですが、きくところによると東宝から矢の催促だったとか。『無法松の一生』出演は正式にきまったのですか。

「ええ。なにしろ私がアメリカについて幾らもたたないうちに電報がきましてね。最初はワシントン、次がロサンゼルス、最後にはホノルルまできておりました。私が正式に出演の契約をかわしていなかったので、〝ナルベクハヤクカエラレタシ〟というインギンなものでしたが、行く先々に待ちかまえているとなるといささか無礼に思えましてね（笑）。飛行機のなかで、こんなにせめられるんなら、いっそ台本をもってくればよかったと悔まれたくらいです。」

――こうなると意地でも張りきらざるを……。どうぞ再びシルバー・スターでお目にかかることを期待しております。

「有難うございます。」

（『週刊サンケイ』一九五八年三月十六日号）

子供をもつということ

（33歳）

私もやっぱり子供をもつのがとてもこわいのです。生めばあくまでも責任をもたなければなりませんからね。人にわたして知らん顔などは出来ません。自分の生い立ちを考え、仕事のことや、子供にかかる時間などを思うと、とても子供をもつことは出来ませんし、ここで子供をもてば、育てられる子供もかわいそうですし親もかわいそうだと思うのです。

松山と結婚したとき、男の子が六人欲しいといわれてびっくりしました。話をきくと、松山の友人が六人の子供があって、バスケットチームをつくり、とてもうらやましいというのですね。でも私、バスケットチーム生産機じゃありませんしね。ここで少し自分自身のゆっくりした気持の時間をもちたいと思いましたし、仕事のことなども考えて、当分はかんべんしてもらうことにしているのです。生んでしまえば自分のおなかを痛めた子供である以上、当然かわいいですし理屈ではわりきれないと思います。だけど、清水礼子さん（社会学者・清水幾太郎氏の令嬢で、当時学生結婚）の、子どもができたら自分が育てるから生んでくれ、と彼が言うから、生みますからあとはあなたが育てて、という言葉はウソだと思うんです。おなかをいためて生んだ子供を他人にまかせることは、実際にはできないでしょう。

清水さんの考え方は机上の空論のようなところが感じられますね。社会に出られたらまたちがった考えになると思います。こんなことをいう女の人が案外ねんねこで子供をおんぶするようになるんじゃないかしら。とにかく子供は生んでみなければわからないと思いますね。

（一九五七年、出典不明）

先生、しっかり　ベニスの旅宿に思う　（34歳）

映画『二十四の瞳』は、撮影期間も長く、はじめてのふけ役でもあって、私にとってはいろいろと思い出の深い仕事でした。どちらかといえば自分のことしか考えずにのんびりと仕事をしていた私は、大石先生にふんしたことによって、あまりに大きな反響に、映画俳優としての使命の重大さを改めて考えさせられた、記念すべき仕事でもありました。

『二十四の瞳』は、瀬戸内海の小さな島に、小学校教師としての二十五年間を歩んだ一人の女性の物語です。映画をごらんになった方もいられると思うので、ストーリーははぶきますが、この映画が封切りになった後、私がいただいたお手紙の中には、いわゆる女優へのファン・レターとはほど遠い、若い教師の方々の、希望と、そして悩みに満ちたお便りがたくさんありました。

どのお便りも、私へのねぎらいの言葉と同時に申し合わせたように、教師として、人間としての悩みが、ビッシリと便箋を埋めていました。そのひとつにこんなお手紙もありました。

「教職について現在までの何年間かを、私は希望と抱負をもって奉仕してきましたが、最近教師としての自信を失い、校内の空気にも疑問を抱くようになりました。そして、とうとう辞表を書く寸前になったとき、偶然〝二十四の瞳〟を拝見し、その帰りに、一晩中雨のふる中を歩きつづけて考えに考え、やっぱりかわいい子どもたちのため、一生を教師として捧げる決心がつきました。私の迷った心をひき戻して下すった方として、私は一生あなたを忘れないでしょう……」

こんな意味のお手紙を、私はほかにも何通か受け取りました。ことごとに私は共感し、みな一様に、ある疲れを感じているのだと思いました。

これは大変なことだ、と考え、ふだんお便りのお返事を書いたこともないのに私はせっせと机に向かって「どうぞ教職を捨てないで下さい。子どもたちのお母さんに代わってお願いします」とお返事を書きました。

その後夏休みを利用した先生方の夏季勉強会が小豆島にありました。全国から集まられた先生方にメッセージを送ったりして、場ちがいの私が、はからずもいろいろと勉強させていただく結果になりましたが、こんどの、先生方の熱っぽい団結の仕方を見るにつけ、聞くにつけ、くるものがとうとうきた、というより、むしろおそすぎた感じさえうけたわけです。

お先っ走りでタイコをたたくわけではありませんが、先だってコロンビア大学の教師のドナルド・キーンさんが、こんなことをおっしゃっていました。「アメリカの教師は、六年働けば七年目はまる一年間休暇をもらいます。私もコロンビアにつとめて三年になりますが、あと三年働けば一年間休むことができます。その時には、大いに遊んだり勉強したりできます」。この話をきいたとき、私はとたんに日本の先生方を思いうかべて、大いにうらやましい気持がしました。

その一年間は、休暇という名前を持っていても先生にとってはその一年間を教育についての反省、研究、そして人間としての見聞を養い、どんなに貴重な時間になるかしれません。それがみんなみずみずしい枝葉になって、どんなに子どもたちをうるおすことになることでしょう。

私は、子どもを持った経験はありませんが、最近こんなに気がかりな毎日ははじめてです。先生方にとって、いちばんよい結果になるように、私も日本の女の一人として大いに期待している次第です。

(『サンデー毎日』緊急増刊〈危機に立つ日本の教育〉一九五八年十月七日号)

ヨーロッパ二人旅みやげ話

わたしはスクリーンを去らない

（35歳）

学生にみえた二人

——失礼なことを伺いますが、語学の方はどうなんですか？

「二人とも、ぜんぜんヨワイ。」

——何かそのために損は？

「お金が倍かかる。何をするにも、言葉が通じないという弱みで、メッセンジャー・ボーイなんかにも、百円やるところは二百円やるということになっちゃうのよ。」

——ひとり歩きのときより、もちろん、こんどの方が楽しかったでしょうが……

「やっぱり二人の方が心強いですよ。毎日三里ぐらい歩きまわったわ。ヤジキタ珍道中……。」

——七年前と変わってました？

「物価が高いので驚いちゃった。フランス人もコボしていた。」

――〝アルジェリア問題〟の影響なんでしょうか？

「だと思いますね。一時とても物騒だったんですよ。エッフェル塔に、爆弾をしかけた者がいたりして、巡査はみんな手に機関銃を持っているし、それにいけないことには、日本人がアルジェリア人に似てるんですよ。」

――お芝居は見ましたか？

「ほとんど見ませんでした。だって言葉がわからないんですもの。それに、何かを持ちかえって自分の芸にどうこうしようなんて、そんな気持もないし。そして高いの。ちょっといいとこだとすぐ二千フランぐらいとられるでしょ。ときどき百フランで見せる、美術館の地下室でやってる学生のための劇場へ行きました。

私たち二人とも、子供っぽく見えるのね。〝学生か？〟ってきかれるから〝うんうん……〟とかなんとかいって入っちゃって、フフフ……。」

行ってよかった

――どんな人と会いました？

「誰とも会いません。そうそう、イブ・モンタンさんとは、偶然お会いしました。あの人、すごく頭のいい人ね、共産党員なんですよ。」

――まわられた土地は？

「ええ、ボン、デュッセルドルフ、マドリッドには一週間くらい居ました。このときは梅原龍三郎先生とごいっしょして……交通道徳のデタラメなところね、自動車だろうが人間だろうが、対角線のように入りまじってメチャクチャ。モナコがよかった。可愛らしいの。断然好きになっちゃった。」

――珍談、失敗談などありませんでしたか？

「よく〝赤ゲット〟になりたがる人がいますね、でも私はそんなのきらい。日本人もいまや国際的ですもの、だからつとめて恥をかかないように、まあまあ、つつがなく過ごしてきました。」

――行ってよかった、とお感じになりましたか？

「ええ、自由になれたこと、仕事からすっかりはなれられたことね。私、仕事をするときはする、遊ぶときは遊ぶって徹底したい性質《たち》なんですよ。だからその点うれしかった。」

――また旅行記を書きますか？

「もう書きません。こんど書いたら恥をかきます。」

引退説の真相

――映画界引退説については？

「ホホホホ、日本人ってなんでも区切りをつけたがるのね。ちょうど今年で、映画生活三十年だし、これが引退記念旅行だろうなんて思うんでしょうね。」

――では、そういう気持は、ぜんぜんないんですね？

「ええ、どうせやりだしたことですもの、八十婆さんになるまでやりたいですよ。それに、私って、生来なまけものだから、お金貸してやろうかなんていわれると、うん、貸してちょうだい、なんてすぐ借りちゃってさあ、今度は映画へ出なけりゃおっつかなくなっちゃって、フフフフフ……。」

――皇太子様のご成婚のニュースを外地で聞いてどうでしたか？

「パリで聞きましたが、こんな大変な騒ぎとは思いませんでした。」

（『週刊女性自身』一九五九年四月十七日号）

ヴェネツィア映画祭から帰って　当分はやめられません　（35歳）

――昨年（一九五八年）八月、ヴェネツィア映画祭に『無法松の一生』（東宝作品、稲垣浩監督、三船敏郎、高峰秀子主演）が出品されることになり、映画祭出席の話が持ち上がった。

「またとないチャンスだし、その延長でいっちゃおう。むろん木下先生（恵介監督）もすすめてくれました。」

――コースはパリに本拠をおいて、ドイツ、スペイン、イタリア各地を訪ねたが、ドイツに二度、パリはその間に四度も往復して、街のすみずみまで歩き回った。

「どこへいっても大人に見られないで弱りました。学生同士の見学旅行とでも思ったんでしょうね。でも、そのせいかどうか、だれからも親切にされましたが……。」

――帰途はマルセーユからフランス極東定期船ベトナム号で、一ヵ月近い船旅を続け、神戸経由で横浜に上陸。この船旅も「一度はぜひ味わってみたい」夫妻の宿願だったそうだ。帰国第一回作品を撮り終えたら、今度こそ引退するかもしれないとの噂も。

目的のない旅行

――欧州旅行八カ月の収穫は？

「それを聞かれると弱いんだな。だいたいが目的のない旅だったんだから。」

――向こうでは、どんな暮らしをしていたんですか。

「ただ足にまかせて歩いていた。生活は普通の暮らしですよ。」

――映画や芝居は見ませんでしたか。

「パリの小さな劇場で古い映画を見た。芝居は『アンネの日記』をのぞいたくらいかしら。なにしろ言葉がわかんないでしょう、見てもつまんないんですよ。」

――どんな人に会いましたか。

「イヴ・モンタン。来年の二月ごろ日本にくるそうですね。だから言ってやった。日本はあなたが考えているほど、のんびりした国じゃない。新聞や雑誌に追い回されることを覚悟でいらっしゃいってね。日本人では藤田嗣治さん、佐藤敬さん、梅原先生（龍三郎）とは、ほとんど毎日のようにお会いしていた。」

――七年前に、一人でいったときのパリとは、どこか違ったところがありましたか。

「変わってない。もっとも、深いところまで探ろうともしなかったし、変わっていても気がつかなかったのかもしれない。」

――向こうの人たちの、日本人に対する関心はどうです？

「無意識というか、わたしたちが歩いていても、ふり返るような人は一人もいない。いきつけのレストランでさえ『無法松の一生』が公開されるまで、わたしに気がつかなかった。イタリアではポスターが街にはりだされていたが、二、三人の人が、さも珍しそうに寄ってきたぐらい。日本だけですよ、うるさいのは……。」

借金のために

――帰国第一回作品が、種々取ザタされているようですけど。

「なにかというと帰国第一回作品ね。第一回作品はこれで三度目（一回は七年前の単身渡仏、二回目は昨年一月、夫妻そろってニューヨークの日本映画見本市に出席した）。」

――で、決断はまだ？

「なにも決まっちゃいないんですよ。わたし自身がまだ旅行ボケで、いきなり目まぐるしい日本へ帰ってきて、オタオタしてる始末なんだから。」

――引退説は？

「なにがなんでも、わたしをやめさせたいのね（ニヤリと笑う）。不思議に外国旅行から帰ってくると、こういう話が出る。こんどは三度目の正直ってわけかな。」

――『無法松の一生』がグランプリをもらって、女優として望むものがなくなった、と外国人記者に語ったそうですが。

「それほど、バカじゃありません。」

――でも、引退は考えなくもない？

「いつかはね。でも旅行でお金を使ったし、借金もある。やめなさいといわれても、当分はやめられない。」

――留守の八カ月間に、なにか変ったと思うことがありますか。

「さあ、右に置いてあったものが、左に移ったぐらいかしら。しいていえば、テレビ塔が完成していた。」

――テレビ・ドラマ出演の希望は？

「興味がわかない。わたしは映画でも、一年か二年に一本と思ってるんだし、忙しいのは大きらい。誘いがあっても出ません。だいたい映画とテレビが決戦だなんていうけど、見る人に、テレビとハッキリ区別できるよい映画を作れば、それでいいわけでしょ。外国では、すでに観客が区別して両方を見ている。」

――将来のことで、考えていることがありましたら最後に。

「なんにもないけど、家庭を守って、ゆっくり生活したいってことかしら。」

（『週刊東京』一九五九年四月十八日号）

私は一年生

（35歳）

人生を六十年とすれば、私はもはや人生の半分を生きた勘定になる。子供の頃からあの四角いスクリーンの中にいかに納まるかをとつおいつ思案している間に三十年がすぎてしまった。

どうやらこうやらここまで生きてこられたのは、みんな、親、友人、そして撮影所の皆さん、映画を見て下さる皆さんの、おかげおかげの三十年であったと心から感謝している。そして恵まれすぎた自分を思うと共にまだまだ努力の足りない自分を恥しく思っている。新しい映画の撮影に入るたび、私は「そら！　一年生からやりなおし」と自分に言いきかせる。一体何回一年生になればいいのだろう。

近く木下恵介先生の作品に出して頂くのを待ちながら、目下、主婦一年生の方を相つとめている次第である。

（『週刊平凡』一九五九年七月二十九日号）

*1960年代（37歳）

とっときの斜め横

私は、自分が美人でないことをよく知っている。だから三十余年映画女優でいることによけい疲れたのかもしれない。照明さんやカメラマンが、いかに苦心して私を美しくとってくれようとしているかは、私が一ばん知っているし、私もそのお礼のつもりで一生懸命お芝居の方で努力してきた。

ポートレートの方も、私の顔はもうとられつくしてしまって、われながら新鮮味を感じない。この方は一対一の仕事だから、とる方ととられる方の気分が一致したときの作品がやはり良いようである。

私の取っておきのななめ横のアングルは、静かで自然なので私は好きである。なんのかんのといっても、女はやはり美人にとれていることがうれしいものなのである。

（『朝日新聞』一九六一年十月二十六日夕刊）

女とおしゃれ

（37歳）

お洒落のポイントは！　心掛けは？　いつもそういう事をきかれるのですが、改めてそうきかれてみるとこういうお返事が出なくて困ります。それはつまり私がお洒落というものにほど遠い、身だしなみの程度のところをウロついているからなのでしょう。そこで私は四苦八苦の果て偉そうに言うのです。「まず、自分を知ること」

お洒落のできそこないからは、まず収入とアンバランスのみえる、一種のみみっちさのようなものをよく感じます。自分の環境や収入を充分わきまえてこそ、その中で清ケツなお洒落をしてこそそれがお洒落のほんもののような気がします。背のびはお洒落を美しくみせるどころか、いやしさを感じさせ全く逆効果をあげるようです。センスのあるなしはその次ぎの段階でしょうね。

その点、この頃の若い方たちは実に的確にお洒落を会得しているようです。思いがけぬものを、その人なりに着こなす勇気は若人ならではの感があって気もちのよいものです。

自分を知ることなどと言いましたが私などはあれも着てみて、これも着てみて、長い時間をかけてやっと自分の色というものが決まったようなわけで、考えてみれば大変に無駄もし、お金もかかっているのですから、とても偉そうなことは言う資格はありません。

しかも、映画の衣裳となると、これはお仕事に大いに関係してきますから神経は使います。映画衣裳はたくさんのお客さまにみて頂くのですから、着る方もある種の責任をもたなければならないと思います。

その役柄、性格、環境、収入などいろいろと考えた上で、その上に自分の好みの入ったものを用心深くえらぶようにしています。その上、カラーだと、セットの色やデザインとも大いに関連があります。色彩カントクというものはまだ日本映画ではまれですが、遠からずそういう部門は現れて来るでしょうし、現われなければうそだと思います。

『女が階段を上る時』では衣裳監督をさせて頂いたのですが、嫌いなことではなし、予算と首っぴきをしながら大いに楽しませても頂きましたし、勉強にもなりました。

ただやはり自分の好みが強く出すぎて一体に地味になったことは他の方たちに申しわけないと思っておりました。何しろ、三十余人の俳優さんのバランスを取ることでせい一杯で、一度に衣裳調べは不可能なので、撮影中に一人、二人、と衣裳をきめていったため忙しいことも大変でした。

幸か不幸か、カラーでなく、白黒でしたので、至らぬところはゴマ化して頂いた結果になって新米カントクは大いに助かりました。これがカラーでしたらボロが出て、私は散々な目にあったことと、今思っても冷汗ものです。

外国映画は、少しつまらなくても、衣裳をみるだけでも大いにたのしいものですが、日本映画も早くそこまでゆきたいものだと思います。

最近の『ティファニーで朝食を』で、ヘップバーンの「ダイヤはヤボよ」というセリフは仲々よかったと思います。外国では若い人が宝石をチラつかせることはあまりありませんし、宝石をつけずとも充分に美しい、若さという宝物をもっているわけですから。外国人は身につけるもののことごとくにちゃんとした理由があってつけているように思えます。

さっき、若い人の着こなしのことを言いましたが、何をきても今は大体自由な世の中ですが、それでも、和服洋服のキマリのようなものは一応知っていることは大切だと思います。知っていてなおかつ自分なりに崩してゆけるようになったら、それが本当のお洒落さんというわけでしょうね。

私もまだまだ知らないことがたくさんあります。幸い女は死ぬまで美しくありたい、のが本能のようですから、これからもせいぜい勉強してゆきたいと思っています。

（『東宝映画』一九六二年一月号）

女の座

（37歳）

わたくし、いろいろ〝女の座〟を演じて来ましたけど、やはりむずかしいと思うわ。性格の強い妻でもどこか弱いところがあってそこがむずかしい。一貫して強い女なんてもっとむずかしいでしょうね。主役だとか、よく顔をだす役とかいうのでなく、作品の内容がよければ出させて頂いています。

（『東宝映画』一九六二年一月号）

旅行着

（37歳）

映画俳優という仕事は、やたらと衣類のいる商売である。といって、一日に何度も着がえをするわけでもないし、映画用の衣装は撮影所のものであるからこっちの財布とは関係がないが、たとえばロケーションなどで旅行をする場合、そのときの気候や目的地などによって、ある程度の旅行着も用意しておかなければならない。必要にせまられて、ではあるが、そんなこんなでいつも洋服ダンスの中はゴタゴタしている。

一般の奥さま方も、このごろは諸事万端、余裕ができたせいか、夫婦そろってパーティに出たり、旅行をしたりする機会が多くなってきたのはうれしいことである。けれど、奥さんに旦那さんはつきもので、旦那さんに奥さんはつきもので、一緒にいるのは当たりまえ。おくればせながら「ミスター・アンド・ミセス」という言葉を名実ともに自分のものにしていきたいものである。

外国旅行をすると、よく日本人男子ばかりがゾロゾロつながって歩いていたり、女気のない食卓を囲んだりしているが、カップルではじめて人間？　とみなすほどどこへ行っても女連れの多い外国では、ちょっと異様な光景である。外国では、夜一人でフラフラ歩いている女は商売女とみられて「お茶でもいかが？」と言葉をかけられても、フンガイするほうがヤボなことになっているし、男一人でぼんやりとコーヒーなどすすっているのはよほど女性にもてないボンクラだと女にからかわれてもしかたがないことになっている。せんだっても、文化勲章授章式で、夫婦そろって宮中にまねかれ「夫は陛下と共にフランス料理、妻は待合室で五十円のお弁当」の問題が新聞紙上をにぎわしていたが、これなどは文化国家日本の裏側そのもののズバリで、全く情ない話である。「男女七歳にして席を同じゅうするなかれ」こんなセンゾの教訓はここいらへんで返上したいものである。

コートを作るとき、共布地をちょっと多めに買ってスカートを作っておくのが私のオハコ。下に薄いブラウスや、セーターを着たりしてちょっとした旅行着にしています。布地は男物の冬物背広の布地、ちょっとくらい雨にぬれてもだいじょうぶな強い布地で、色も汚れのめだたないグレーなどで。

（『ミセス』一九六二年三月号）

なにしろ女優を百年もやっておりますと……

（38歳）

やっぱり女だけの場があると同じように、男だけの場もあると思うのよ。その場がなかなかわからないのね。私も前には柄にもなく、背のびしたときもあったんですが、続かないし、りこうぶったってだれしも限りがありますから、おおいにケチくさく、小出しにしてね。十あったら、六くらいしにしたほうが気が楽ですよね。余裕も出るし息ぎれがしない。そうそう、杉村春子さんね。私は女優としてだれが目標かというと、杉村さんですよ。あの方も舞台やテレビでお忙しいし、旦那さまはおうちで研究している方でしょ。私の主人も同じようなものだし、いろいろと話が合うのね。私、杉村さんはほんとうにすぐれた女優さんだと思うの。それでも奥さんとしての務めと仕事のあいだにはいって、やはり悩みがあるんですね。それだからいいともいえるのじゃないかしら。なにもかも超越しているような女優さんでも、女らしい悩みをもっていらっしゃる。そして、それを仕事上にプラスしていくんです。それがマイナスになる人もいるんですが、要はその人しだいなのね。

夫婦はお互いにがまんしているから――私のうちでは、どっちかといえば、私のほうががまんするでしょうね。それを向こうも充分承知しています。がまんしているのを知っていてくれるってことは、こちらにとって一種の安らぎですよね。でもがまんして、自分がなくなってしまってはゆきすぎですね。

夫婦だって、同じ人間じゃないから、どんな人にも、口に出さないひとりだけのことってあるし、だれにもしゃべらないこともあると思うの。だからそれを飛びこえて、ほんとに喧嘩したら、後にもどらないんじゃないかしら。なかなかそこまでいきはしないけど、ずっと長くいっしょにいようと思ったら、自分ががまんしちゃうのよ。自分を失うってことじゃなしに。でも、いつかあれはどうだったって、一年くらいたってからでもいいから、話して理解しあうことはだいじだと思うわ。そのときになって、なんだっけということじゃだめだと思うわ。私は執念深いから、そのつもりでいるの。

たとえば、えらそうなことをいうけど、なにかひとつ覚えたら忘れないこと、覚えるってことはたいへんだから、それだけ努力がいるし、時間がかかるから、忘れないようにするんです。一度覚えたことを、たとえ片隅ででもしまっておかなければ、ソンだと思うのよ。つまらないことを覚えたにしても、そのつぎからは、そんなことは覚えないようにしますからね。夫婦のあいだでも――ううん、夫婦だからこそ必要かもしれない。

うちの母、あなたえらいねっていうのよ。娘時分は、一人っ子だし、わがままでしょうがないと思ったけど、結婚したらがまんして、いろいろ努力しているから驚いているのよ。私が変わったとしたらやっぱり結婚生活のおかげだと思うの。でも結婚なんて、なんべんもすることじゃないからね。

松山の仕事に関しては、向こうから聞かなければ、こちらからいうことはありません。私は松山が監督する仕事のときは、女優としていうことがありますが、それ以外は、脚本家と女優といったことでは話しません。それでちょうどいいのね。同じ世界の人間で、話も共通点があるけど、これがピッタリ俳優と俳優だったら、なにか違うものがあると思うんです。俳優として、男と女とだって、やきもちなんかあるし、私のうちはその点、うまくいっちゃったのよ。

俳優というものは、悲しいときもあるのよ。私のぜんぜん知らないところで、私の聞いたこともない話ができていたりするのよ。よくおおぜい輪になって、小声でつぎつぎと話を伝えていくと、最後の人にはとんでもない話が伝わるゲームがあるでしょう。あれと同じようなことが、しょっちゅうよ。だから私は人間不信の塊りだっていわれるのよ。それが税金だといわれても、泣くに泣けないこともあるわ。

着るものの話では、私の場合ほんとのところ、ふだん着ってないのよ。おかしな話ですが、お金をずい分とるようでもふだん着を作るほどの余裕がないんです。いやでも出るところが多いでしょう。いつもどこかへ行くためのものを作らなければならないので、正直いって、セーター一枚でも、うちで着るためのものを買うのはいやなんです。

自然そうなっちゃうんですよ。私たち、ふだん、着ているものだって、いつでもちょっとした場所に出られるようなデザインのものを着るわ。黒がおおくて、カラスになっても、どんなお客さんの前に出ても安心でしょう。商売がらあれだこれだとおしゃれを楽しむことも制約されるのね。私の黒やグレーも、だいたい実用性からきてるのよ。外出するときは、昼間はグレー系統、夜は黒です。

私、いつも思うんですけど、その人がどんな着物を着ていたか、あとでよくわからないというのが、いいんじゃないかと思うのよ。その人間が着物に着られているのでなく、その人が着物を着ているという感じね。

服装だけでなく、なんにでも、キチッと、それでいて柔らかくけじめをつけることがだいじなんではないですか。

演技している者は、その人自身にもあるていど、責任があると思うの。私は衣装を担当するときがあるんですが、いいかげんなことはやっぱりできないわ。たとえば、オフィスガールの役なら、どんな環境で、収入はどのくらいなんて、ぜんぶ考えて選んで、それをマネされても困らない、そういうものを自分の責任で作るわけです。たくさんのお客さんに見ていただいても、恥ずかしくない、平凡なよさをもったのを選びます。あとで、あれはもうすこし派手にしたほうがよかったなと思うこともあるけど、でもそんな仕事も好きだからいっしょうけんめいやりますよ。

長いこと仕事しているでしょう。メロドラマもやったし、いろいろな映画に出てきちゃったし、これからはやっぱりその映画を見て、お客さんにも私にも、なにか得られるものに出たいと思いますね。それに映画のこと自体、まだまだ私にはわかっていないんじゃないかと思うんですよ。でも私も、もうニコニコ女優じゃないし、ご家族連れで見られるような、いい映画にじっくり出たいと思うのよ。

俳優なんて変なもので、百万言しゃべるより、一本いい映画を作ったほうがいいのよね。でも、自分の意見がだいじなときがあります。そのときどきに衝突もあるけど、ゆずるところはゆずります。だけど、限度ではふみとどまって、自分というものを出していきますよ。それができる人とできない人がいて、できない人は崩れていってしまうし、やっていける人は残りますが、私みたいに憎まれることもあるのよ。私なんか、いいたいときにはいうから、ウルバアなんていわれるのよ。うるさいババアってわけ。いいのウルバアでも。だって人間には、だいじなことって、しょっちゅうありますもん。

（『ミセス』一九六二年四月号）

ひとえ

（38歳）

正直にいってしまえば、私、夏のきもの好きじゃないの。仕事が忙しく、ゆかた着て、ゆっくりするなんて、むしろヒマがない。

サラッとしたゆかた、半幅帯にぬり下駄というのは、人から見たら、一ぷくの清涼剤かもしれないけど、当人にとっては、やはりなにかめんどうくさい。

でも、私たちの母親は、むかし家事の終わったあとはかならず、さっぱりとゆかたに着かえて、ご主人の帰りを待つという、いい習慣をもっていた。

それは、さわやかな日本の郷愁だ。忙しい日々のひととき、うちわでも持って、ゆったりとしていたいという、かなわぬ願いごと。

そう、やっぱり夏のきものは、気分で着るということだ。そこで――。

単《ひとえ》もの、と聞いただけで、なにか、身も心も軽々とするようなさわやかさをおぼえます。

四季のなかで、初夏は、初秋とともに、女の装いの最も美しく効果のある季節だろう。

じゅばん、帯、何本かの紐、足袋と、和服の繁雑さにまゆをひそめる洋服ファンの方でも、ちょっと気分転換に、たもとの心よい重さや、すそさばきの感触の楽しさを味わってみたくなるのもこの季節だ。

（『ミセス』一九六二年六月号）

花は友だち

（38歳）

私にはこれといった趣味がない。ひまがあれば主人と二人でおいしいものを食べ歩くくらいである。そのつぎは花屋へ行って一かかえ花を買ってきて、食堂のテーブルの上にひろげて手当たりしだいにいけたり、盛ったりして楽しむこと。だから、お客さまがおみやげに花をくださると、お客さまをほっといて食堂へはいりこむくせがある。お客さまはほっといても枯れないが、水をはなれた花がいつまでもパラピン紙の中で苦しそうにしているのはかわいそうで見ていられない。私が花をいじっている間がどんなに長くても、主人はあきらめているのか用をいいつけない。花は私の友だちである。

（『ミセス』一九六二年八月号）

京ことば寸描

（38歳）

関西にくると、なんか精神的にホッとしますね。ひとつにはやっぱり言葉ね。京都の宿屋さんに行って、「よろしゅうおあがり」とか「お早うお帰り」なんていわれると、なんとなくのんびりしてしまってね。そのじつ、その意味はちっとものんびりしてはいませんよ。ところが東京弁で、「ゆっくり召し上がってください」とか「お早くお帰りください」といわれると、なんか早く帰ってこないといけないみたいになる。たしかに関西なまりには、人間くさい魅力がありますよ。

（『ミセス』一九六二年十月号）

「らしい」ということ

（39歳）

何回かの海外旅行で殆んどの国を訪ねたが、風景よりも人間に興味を持った私は、各国の街を歩きながらジロジロと人間を見物するのが実に楽しかった。

服装で一番印象に残ったのは矢張り英国である。どんよりと雲のたれこめた灰色のボンドストリート街を黒い山高帽子にこうもり傘をステッキ代りについた男性が一分のスキもない気取りかたで歩いている。

街に傘やと帽子やが多いのもこの故だろう。ときたま絹のシルクハットの男性が向こうからやってきても、決してサンドイッチマンではないと断言できるのは英国ぐらいのものである。

パリでは、地下鉄の中で向かいあって腰かけた若い青年が、これから恋人に会いにでも行くのか小さなスミレの鉢をしっかと膝に据えてひしゃげた帽子をあみだにかぶり、首に結んだ赤いハンケチがいかにも下町の兄ちゃんらしくて、シャンソンの一節を眼で見るようだった。

ローマは、あの強烈に輝く太陽のせいか何から何まで明るく開放的である。〝どうせ此の世はヤミだ〟調のシャンソンにくらべて歌一つ歌うにも喧嘩するにも、オオソレミオ調の大声である。

服装も一体に派手好みで少々ガラの悪い横縞シャツの労働者、荒いチェックの上衣の青年が、眼までカッと開いて肩で風を切っている。

ニューヨークはお行儀のいい街である。下町はともかく、フィフスアヴェニューには上衣なしの男性は歩いていない。ロスアンゼルスはディズニイランドとハリウッドのせいか少し騒々しいスタイルの男女が多いが、これも囲りと調和しているから別におかしくない。

どこの国も、そのお国ぶりは「らしい」という言葉がぴったりするようなそれぞれの服装がその国と調和を保っていて、少しも不自然さを感じさせなかった。

ところで我が大日本国はどうだろう。コクテルパーティには、タキシードと開襟シャツが入り乱れ、ジーパンが銀座通りをのし歩き、妻はネグリジェ、夫は古浴衣、である。秩序もへちまもあったものではなく、食べものに例えればさしずめ汽車弁か五目メシの如くにそれはバラエティーにとんでいる。なんでもあってメチャクチャだという点では日本は大国といえるかもしれない。


（『週刊新潮』一九六三年十月二十一日号）

エロ・グロまっぴらごめん

（41歳）

映画界の現状をいえば、おちるところまでおちた、ということでしょうね。理由はテレビその他のレジャーに、映画人口が動員されてしまったということでしょうが、そんなこと、はじめからわかっていたことでしょう。レジャーが映画だけでなくなることぐらいね……なぜもっと早く映画人がそれに気がついて適切な対策をとれなかったのか——。いまあわてて、人間の劣情に訴えるエロ・グロ作品つくってますが、それは一ばん安易な対策ですよ。会社のエライ人にいわせると、つくりたくないけどしかたがない、食わさなきゃならない社員をたくさんかかえているんだから——。そうでしょうかね。食わさなければならない社員がいるからって、なにをしてもいいってもんじゃないでしょう。

でね、立ち直るためには〝四捨五入の精神を持て〟と提唱したいわね。映画人全体、企業家、俳優、批評家にも注文したいけれど、どっちつかずの中途半端なものの考えかたをやめて、徹底的にまじめな作品、徹底的に芸術的な作品、徹底的に娯楽的というように徹底したものをつくるようにハラをすえるのよ。ベストセラー・イコール名作じゃないということを、もう一度かみしめてみたい。はいればいいんだの精神は、ダメですよ。大衆がそれを求めているからといってエロ・グロつくるのは、大衆をバカにしていると思いますよ。

(『サンデー毎日』一九六六年二月十三日号)

上布

（42歳）

人一倍暑がりの私は、盛夏の和服にはエンがない。しかし、他人が絽や上布の着物をすっきりと涼しげに着ている姿を眺めるのは、大好きである。

先だっても、銀座裏の呉服屋さんのウインドウに素敵な上布が出ていたので、思わず足がとまった。近眼の目をガラスに押しつけて値段表を見たら、〝十五万円〟とあったのでギョー天した。上布のよさはしんそこ承知しているけれども、いったいどこのどんな贅沢なひとが、この上布を着るのだろうと溜息が出た。

高価なこともさることながら、この場合の贅沢は「ヒマ」のことである。

「上布はこころで着る」と、よく言われる。上布の着心地は、あくまでからだからソッケなく離れて、冷やかなところに魅力があるのが、夏の王様と珍重されるゆえんだろう。

ただし、この王様、ひどく気むずかしく、あつかいが気にいらないと、シワクチャになって怒るのが厄介である。乱暴に坐って立ちあがったりすると、裾がめくり上がってふくら、い、はぎまで丸見えになるから、うかうかできない。

脱いだ後始末が、また大変で、上布はアイロンがお嫌いだから霧を吹いて手でのばし、きちんと畳んでゴザか座ぶとんで押しをしておかなければならない。

最近は、どこの家も生活様式が洋風になってきたから、かならずゴザや座ぶとんが用意してあるとは限らないし、このせわしない世の中で、顔のシワならともかく、着物のシワを丹念に手でのばせなどと言ったら、若い人なら、それだけで気が遠くなるだろう。

そのうえ、上布は肌が透けて見えるから下ごしらえがまた大変で、上布用のじゅばんから新調しなければならないので、二重にお金がかかる。

お金にばかりこだわるようだが、上布が高価なのは、それ相当の理由があることなので無理もないという気もする。

私は先年、『六條ゆきやま紬』という映画のロケーションで新潟へ行き、越後上布や小千谷ちぢみの工程を見学したが、糸をつむぎ、足で踏み、染め、のばし、雪の上にさらし、と、それこそ気の遠くなるような念の入れ方であった。

人間の手間ひまを、お金で買って楽しむ。と言ってしまえばそれまでだが、それならそれで、やはり、それにこたえるものは着る人の心でしかない、というところが面白い。

なにごとも、着捨て、投げ捨て、やり放しの世の中に、上布は数少ない心あるお客を求めて、今年もウインドウの中で美しい肌をさらしている。


（『婦人公論』一九六六年八月号）

わたしのファンは茶の間にいる　テレビ初出演の弁（43歳）

やっと上がった重い腰

「映画では、ゆっくりと仕事ができたでしょう、ひと月のときもあれば、半年、一年の場合も珍しくない。それを、あなた、テレビでは、二日で作っちゃうというのだから、考えただけでも、胃のあたりがイタくなっちゃうわ。」

——こう語るのは数ある出演交渉を断わり続けること数年、『日曜劇場・浮かれ猫』にテレビ〝初出演〟する高峰秀子である。そのテレビ不出演の弁は——

「役者のごまかしでもなんでも、マザマザと写し出してみせるテレビ・カメラの前には、よほどの覚悟なしでは、出られないわよ。テレビが嫌いなんて、誤解もゴカイ。ただ、いままでの作り方や技法では、あたしみたいなシロウトはこわくて……。あたしって、昔風の女なのよ。赤ん坊のころから三十九年間もなれ親しんだ映画界に、情がうつっちゃってねえ。映画が駄目だから、テレビにぴょいと移れるほど、神経の切り換えがスムーズにいかないのよ。

自分の最高の状態のときに、それをひき出してもらえるかしら、納得いく芝居をやらせてもらえる余裕はあるかしら、これまでエイエイとして蓄積してきた〝高峰秀子〟を、テレビ・カメラのレンズは、はたして破壊しないだろうかって。」

――どうして、そのドラマに出る気になったのだろうか。

「映画にあたし向きの企画がないからって、よく言われるんですけど、それも理由でしょうね。しかし、それは第二義的なものです。あたしは、俳優なんですよ。俳優だから、俳優の仕事をしなければならない。仕事をしたい。わかるでしょう？　すでにあたしのファンは、映画館にまで、わざわざくる年齢ではなくなった。なら、あたしの方で、ファンの中に入って行く努力をしなければなりませんね。テレビ出演も、こういう気持ちから決意したものです。」

――いまの日本映画を支える映画人口の中では、高峰主演映画が入る余地は、かなりせばめられたと言っている。これは、役者にとって、耐えられないほど、寂しいことに違いない。

「それに、あたしがやってみようと思ったのは、尊敬する杉村春子さんと、ご一緒できるからなんですよ。あんなにうまい女優さんはいませんねえ。杉村さんのテレビをみているときは、知らず知らずのうちに、キチンとすわりなおしていますよ。」

脚本は松山善三のオリジナル

――その彼女が出演することになった『浮かれ猫』は、夫君の松山善三氏のオリジナル。その松山さん、頭をかくようなしぐさをして、

「高峰は、台本が完成しないと、絶対にOKを出さないんです。女房を主役にあてはめて書いたことは、これまでないんでねえ。むずかしい仕事でした。最近は、ボクのもの、あまりホメないんですよ。それだけ気持ちの上で、負担でしたね。」

――ものがたりは、旧満州から引きあげてきた母娘(杉村春子、高峰秀子)が、九百数十万円の借金をして電気器具店を開き、その借金を返済し終わるところからはじまる。

この母娘に結婚ばなしがもちあがるが、男性不信にとらわれている娘は、プロポーズをことわり、母は娘の身を案じつつも、結婚に踏み切る。

この間のさまざまなエピソード、カネと人間、男と女の感情などを、全体に、コメディータッチで描く。

「あたしが、喜劇を選んだのは、もちろんファンの要望に応えた結果ですよ。ファンレターをみると、圧倒的に、明るいものをやるように書いてあるんです。見てくださる方が、いいと思う番組が、一番いいでしょ。」

気さくな応対

——二日目のこの日、かなり慣れたようすで、ほんの二十分足らずの衣装替え時間内に、化粧から着つけまで、全部一人でやりこなす。その間、ひきも切らないインタビューの申し込み。彼女は、それらを、実に気さくにさばき、応じていく。あれが〝恐いぞー〟と教えられた高峰秀子だろうか。気どりない女優さんである。

スタジオでは、気のいい金貸しの伊志井寛さんに、残金を返済にきたところを収録中。リハーサル数回。そして本番。

高峰秀子の、ポンポンとび出てくるセリフが、むしろ小気味のいい感じで、制作が進んでいる。

「いまは、ほら、こうしてカットがみられるでしょう。とり直しもきく、ずいぶんと、やりやすくなったわね」

——どうやら、テレビに気がのりだした感じだ。胃も痛まなかったらしい。

(『週刊TVガイド』一九六八年一月五・十二日号)

こわい先生

（44歳）

久し振りに、全く三十余年もの久し振りに長門美保先生にお目にかかって、嬉しかった。私のテレビの番組にゲストとして出演して下さったのである。その前日、打合せのお電話を頂いた私は「もしもし長門よ」というお声で、すぐ、長門先生だとわかった。ああ、懐しい！　と思ったとたんに三十余年が吹っとんで、身体のどこかがキュッと緊張するのを感じた。長門先生は、私の師である。

その頃、私はたしか十四、五歳、まだ女優の卵のまたはしくれで、マイクを通した自分のセリフがヘンにこもって聞きとりにくいことを知り、正確な発声の必要にせまられて、オズオズと長門先生宅の門を叩いたのであった。たかが発声だけのために、と思うだろうが、私は生まれつき一流品が好きで、ことに先生は超一流でなければと思いこんでいたのだから仕方がない。先生の御迷惑なんて考えてもみず、まことに一方通行なガキであった。

週に一度、コーリューブンゲンを目で追いながら、私は必死に声を出す。先生がそれをなおして下さる、先生が、ほんのちょっと声を出しても、囲りのガラス窓が一斉にビリビリビリとゆれるほどのすさまじさで、私は全く気おされてガックリした。

要領のよい私は、先生が一度ピアノを叩くと、そのメロディをおぼえてしまうので、どうしても譜面を読むことをおぼえられない。先生はその私を許して下さりながらも、なおかつ発声のけいこはきびしかった。レッスンが終って家路につく私の口の両側にいつも二本のシワが寄り、倒れそうにお腹が空いていた。

そして、半年、一年たつうちに、おかげで少しは声が出るようになり、セリフも、嘘のように？マイクを通して伝わるようになった。こわい、きびしい、先生のおかげである。しかし、前に書いたように、電話口で「あ、長門先生」と思ったとたんに、身体がキュッと緊張したあの感じ、あの感じこそ、私が長門先生にいただいた最大の教訓だったかもしれない。それは、ものを習う、ものを教えるという「きびしさ」というものが持つ、一種のすがすがしさだろうか。習う方にしてみれば、信じられない師くらい頼りないものはない。その人のすべてを信じ、尊敬してはじめて師と仰ぐ気持ちになれるのである。だから長門先生の歌がどんなに上手でも、もし先生に超一流のきびしさと立派さが具わっていなかったなら、弟子の私のレッスンも、ただ、バカ声を出すだけに終ったかもしれない。先生を選ぶことのむつかしさ、そしてそれにむくいる先生の責任の重さ、をつくづくと感じる。私は、発声と一しょに、先生の持つ人間としてのきびしさをも自分のものとしていただけたことをありがたく思っている。
テレビで、御一緒に「叱られて」を歌って、私は完全に上がってヒイヒイいってしまった。そして、私にとって、まだ長門先生は当時と同じこわいこわい発声の先生なのだ、と思い、そして、こわくてオロオロしている自分自身がちょっぴりいとおしい気持ちになった。

（『音楽の友』一九六九年二月号）

ピッコロモンド　忙・中・閑

＊1970年代（47歳～50歳頃）

ふとしたことから、丸の内に西洋骨とうの店を持つようになり、ただいま店主修業中といったところです。場所は新国際ビルの一階で「ピッコロモンド」（小さな世界）と名づけました。最初は私のコレクションから選んだヨーロッパの民芸品や日本の伊万里などを置いていたのですが、安く売りすぎるといわれたり、新しい品の仕入に追われたり……。場所がら、いろんな人に応対できるのが、なによりの楽しみですね。

（一九七〇年代、出典不明）

三度、心が震える（48歳）

何十年つきあっていても、なぜか印象がボヤけている人と、かぞえるほどの日数しか会わなくてもこちらの心にじっくりと住みついてしまう人がある。

小津安二郎先生は、私にとって後者にあたるもっとも貴重な「心の住人」である。私は四十余年の俳優生活中にたった一本しか小津作品には出していただいていない。大仏次郎先生の『宗方姉妹』で田中絹代さんの妹役で出演したのだが、そのときの小津先生の強烈な印象は、若い私にとって、撮影中の毎日がただ新鮮な驚きの連続であった。

まず、初対面での驚きは、小津先生が実にスマートな美男子であったことである。そしてズバぬけたおしゃれであったことである。そしてこよなくぜいたくであったことである。小津先生の嫌いなものは、すべてのまやかしもので、つまり、なんでも本物でなければ承知できない潔癖さと厳しさの人であった。

当時、小津作品に出演する、いや、小津組から声がかかるということは、俳優にとってのひとつの「名誉」であり、小津作品に出演したということは「役者としての免許皆伝」を受けたという証明になるほどであった。しかしまた、そういう伝説めいた評判が立てば立つほど小津先生は「ただでなく厳しい監督」として、役者におそれられる存在でもあった。現に私のように「ラクして金とる」主義の怠けものにとっては、クランクイン以前から肩がこり、内心ユーウツになったものである。そんな私の気持を小津先生は一目で見ぬき、撮影中は私を甘やかし放題にしてリラックスさせることに神経を使われたようである。そのころ、すでに先生のおつむは「おぼろ月夜」であり、私は「先生はもう櫛なんかいらないね、ヘラで間に合う」などといって野放図に甘えた。

『宗方姉妹』で私の父親役を演じたのは笠智衆さんであった。沈着そのもののような笠さんは、いつも本番で震えた。私はその笠さんを見てギョッとなり、あげくはその震えが自分にも伝わってくるのを感じて、今更ながら小津先生の恐しさを知るのだった。

出演は『宗方姉妹』一本でも、その後も小津先生には大変かわいがっていただいた。生れてはじめて能楽堂に連れていって頂いたのも小津先生であった。

脚本家の野田さんと茅ヶ崎の旅館にこもっている小津先生を、私はたびたびたずねて行った。ある日、小津先生は「紅茶をのむかい?」と私に聞き、部屋のまんなかにうすべりを敷くと、女中の持って来た七輪を据えて、真新しいアルマイトの鍋をかけた。なにをはじめるのかとみつめていると、小津先生は鍋の湯に用心深く紅茶の葉を入れ、ミルクを入れ、ゆっくりとしゃもじでかきまわしはじめた。そして、ときどき、まるで味噌汁のかげんでもみるような手つきで紅茶の味みをする。私の心は、ちょうど、かつて笠さんの震えが伝わってきたと同じように震えだした。「きびしい人」。私の頭には血がのぼり、紅茶の味などとうてい味わう余裕などなかった。

小津作品にたった一本出演した私は、また、小津先生にたった一本のお手紙を頂いている。それは、成瀬巳喜男監督の『浮雲』に対する、おほめの手紙であった。「成瀬にとってもデコにとっても生涯最良の仕事だろう」というつぎに「早く四十歳になれ、そして俺の作品にも出ておくれ」とあった。その一行の文章に、私は三度、心が震えるのをおぼえた。

私が四十歳になる頃に、小津先生は亡くなった。築地の病院に見舞いにゆくたびに、先生は必ず私を玄関まで送ってくれて、車が見えなくなるまでじっと見送っていて下さった。それが、お別れになった。

送っていただきっ放しで、私は、この世を旅立つ小津先生の見送りにはゆけなかった。が、それだけに、私の心の中にはいまでも元気な小津先生がどっかりと住んでいる。がんじょうそうな四角い肩をはって、白いピケの帽子の下で、優しい眼がほほえんで、「ちょいとこっちを見てごらん、デコ。いいかい、本番まわしてみようかね?」という、鼻にかかった静かな声が、いまでもこの耳に聞こえてくるようである。

（小津安二郎・人と仕事刊行会編『小津安二郎―人と仕事』蛮友社、一九七二年八月）

＊高峰秀子は小津安二郎監督サイレント作品『東京の合唱（コーラス）』（松竹蒲田、一九三一年公開）に子役として出演している。（編集部付記）

壺井先生のやさしさ

（50歳）

昭和四十六年三月二十四日に廃止になった岬の分教場が、当時のまま保存されているんでとっても嬉しかった。

あの役は、作るのが難しかったんですよ。壺井栄先生のお宅を訪ねて、いろいろご相談したんです。そのとき、お手洗いを借りたの。そしたら、お手洗いに置いてある洗面器にくちなしの花が浮かしてあったんです。

それを見て、壺井先生のやさしさにジーンとうたれました。これだわ！って思いました。

大石先生は、やさしさ一本で通すことにしました。

（『週刊ＴＶガイド』一九七四年七月五日号）

時代劇は見てない

（51歳）

わたしは、子供のころから映画を演ずる側にいましたし、時代劇は見ていません。自分の仕事のほうが、忙しかったのよ。だから、チャンバラ映画のこと、まったく分からないです。見る側にいれば、いくらかは見たのかもしれないのだけど……。阪妻ブームをどう思うって？　ウーン、一種のリバイバルじゃないの。

（『週刊読売』一九七五年七月十二日号）

大正人は今こう考えている（53歳）

――①大正時代で最も印象に残っている人物は？　②大正時代をもっと知りたいと思いますか？　③竹久夢二の女性像は好ましいと思いますか？　④大正時代に生まれてよかったと思いますか？

①「やはり、作家の芥川龍之介でしょう。純粋さが身にせまります。とくに『奉教人の死』『藪の中』は新鮮で魅力があります。」

②「大正は、明治、昭和のカゲにかくれて、知られていない部分が多い。もっと知りたいと思う。」

③「いいのもあるし、感心しないものもある。当然のことですが。遠景として黒猫や黒船をあしらったものには興味をそそられる。少しべたつき気味なのが気になります。」

④「大正時代は頼りなくてしょうがない。明快な明治に生まれたかった。」

（『大正および大正人』一九七七年八月創刊号）

私が選んだ東京のみやげ

（54歳）

あたしも困ってんのよねぇ。何持って行っていいか。まあ、「福砂屋」のカステラなんて無難だし、相手によっては生ハムとかお肉類、おせんべいなら両国の「逸品会」の羽衣っていうのはおいしいし、それに日本橋の「伊勢重」の肉の佃煮はここでなきゃ買えないわね。

（『週刊朝日』臨時増刊、一九七八年四月二十日号）

ただいま五十五歳、の回顧　（55歳）

出ないと決めた映画にいま出演中

「定年があったら、私なんかとっくにお釣りきてるな、昭和四年からだから……。映画にはもうこれで出ない、と決めてるんです。自然にいなくなりゃあいいと思ってるんだけど、なかなかいなくなれないんだなあ。

自分でも（自分に）飽きてるんだから、人もずいぶん飽きてると思うんですけどね……。」

——そうはいかない。自然にいなくなるようなわけにはいかない人なのだ。いま撮影中の木下惠介監督の映画『衝動殺人・息子よ』もまた彼女をむりやりかつぎ出した。

自宅から大船撮影所までは車で二時間かかる。朝七時半の撮影開始に間に合うためには五時半に家を出なければならない。これではたまらないので、撮影のある日は前の日に、撮影所の近くの旅館に泊まる。

「出演料は待ち時間料だっていうくらいですから、待ってる間にどっかへ飛んでいったり、自分勝手なことしてるわけにはいかない。しかも役のうえでの何の何子さんのまま持続していなきゃならないってことですよねえ。まあ私みたいに役者の嫌いな人間は、そういう束縛が苦しくなるんですね。長い本なんてのも読む気にならない。家へ帰れば帰るで用がたくさんあるんだけど、その用もすっきりできないんです。また撮影所へいつ帰ってこなきゃならないかわからないから。

いろんなことが仕事のために身動きできなくなるんですよ。その束縛から早く解放されたい、早く解放されたいと、そのことばっかり考えてる。それだけに撮影が終わったときってのはいいですね。それが楽しいのかな……。(笑)」

——気分がガラリと変わる。そのはればれとした気持ちがたまらないのだという。

「あすからどうなってもいいってことでしょう。仕事を持ってお腹こわしたら、自分が痛いだけでなくてね、人に迷惑をかける。だからいろんなことに用心することになりますね。撮影と撮影のあいだが十五日とか二十日とか空けば外国でも行けるはずでしょう。でも飛行機が落ちるといけない……それはふだんは落っこたっていいや、と思って行ってますけども、仕事に入ってるときは、もし落ちたら映画ができないですよね。そう思うと、じゃあやめておきましょうか、ってことになります。

けっきょくこういう仕事ってのは、責任感のほかなんにもないわけですね。うまいとかまずいとかいうことはもう二の次だと思います。」

とにかくおいしいものを食べたい

——去年（一九七八年）の十月、アフガニスタン、パキスタンを旅した。たんなる観光旅行ではない。作家の井上靖さんをはじめ学者や考古学の権威者などといっしょ。

「これはもう、いくらお金を積んでも雇えない〝ガイド〟ですから。ひとこと、ひとこと、ぜんぶ学問の塊《かたまり》ですし、いいチャンスですから、私と松山は軽い紀行文を書くということで行ったわけです。」

——随筆家としても知られている彼女の書いたものには、よく食べもののことも顔を出す。さまざまな料理も食べつくし、もう新しい味の発見にはそれほど貪欲ではないようにも見えるが——。

「でも楽しみはやっぱり、食べることしかないです。なんでもいいんです、おいしいものなら。

もう（人生）残り少ないですからね、エサ食べてちゃつまんないでしょう、あと何食しか食べられないということだから。

だからおいしくないものを食べちゃうともう不機嫌になっちゃって。ああ損した、ああ損した！　と思うんです。」

――アフガニスタン、パキスタンの旅では羊ばかり食べていた。ほかのものを食べようにも羊のほか何もない土地なのだ。もともと羊はあまり食べなかった。だが現地で毎日のように食べて、こんなにおいしいものかと思ったそうだ。

「東京で食べる炭焼きみたいなものですけども、段違いにおいしいんですよ。こう長い金火箸みたいなところに、これくらい（人指し指の先くらい）しかついてない肉をね、ひとりで二十〜三十本食べるんですよね。

インドのチャパティ（小麦粉を練って焼いたもの）みたいなものを四つに切って、それで金火箸についてる肉をしごいて食べるんです。

日本でシシカバブっていうと、いやにしゃれた料理で、たくさん肉がついてるけど、そんなもんじゃないんですよ。ほかにはローガンていう羊の油で煮込んだ羊の肉とかね、羊しかない。

よく羊の肉は臭い、臭いっていうけど、それがないんですね。ぜんぜん臭くなかった。」

十代からはじめた骨董屋めぐり

――麻布の家には、何十年間かかって集めた骨董や古い道具がいっぱいある。建物はこうした中身に合わせて教会建築家に建ててもらった。アーチ型の門や、目地《めじ》の漆喰《しっくい》ひとつにもちょっとした模様が刻まれている。

「そんなことしちゃったもんでいまになって困ってます。壁紙を貼るわけにもいかないし、塗り直すったってたいへんなんですよ、家の中に櫓《やぐら》組んだり……お金ばっかりかかって、やらなきゃよかったと思うんですけど、いまさらいったってまにあわないし……。」

――骨董趣味は長い。もう十代のころから骨董屋を歩きまわっていた。たまに自分の時間ができると、逃げるようにして静かな場所を探してもぐり込んだ。

「最初は油壺《あぶらつぼ》とかそばちょことか伊万里の小皿とか、それからそれへと好きになっちゃって。店に坐ってるハゲ茶びんのおやじもお茶ぐらい出してくれたり話してくれたりで、それこそ個人教授ですよね。足しげく通ううち、向こうも店に並べてないけどちょっといいものあるから見せてあげましょうか、みたいなことで奥から出してきたりするんですよね。ですから目はどんどん肥えていきました。」

去年一年で十カ月間の海外旅行

――いまから七〜八年前、高峰秀子は丸の内の帝劇の近くに、小さな骨董の店を一軒開いた。ただ小さいときから芸能界に入って、人に頭を下げることを知らない。

「そういうんだと、へんな、ゆがんだ人間になりますからね、やっぱり人は百円のもの売っても十万円のもの売ってもおんなじ顔で〝ありがとうございました〟といえるものかどうか、そういう勉強のつもりではじめたんですよ。」

——鑑札をもらってセリにも出かけた。きのうまでの客がライバルになったのを知って顔見知りの骨董屋たちは一瞬、当惑したらしい。だが同業者としてもたいへん親切にしてもらったという。

「でもやっぱり私はプロにはなれないですね、素人です。物を見て、それが欲しいと思うようじゃあ。これは嫌いだけれども売れるな、っていうんじゃないとプロにはなれない。」

——奈良まで陶器ひとつだけ買いにいって、それを割ってしまったこともある。最初三年間だけやろうと思ってはじめたのが、気がついたときは五年になっていた。人にまかせるようになったのは昭和五十一年二月である。

仕事に、静養に、夫妻はしょっちゅう外国へ出かける。去年日本で暮らしたのは二カ月しかないという。毎年少なくとも一回は行き、一カ月くらい滞在するのがハワイ。

「空港からホテルへ行って、休んで帰ってくるだけで、どこにも出ませんけど、肺の中まできれいになる感じだし、気が散らなくていい。松山は原稿用紙とエンピツだけは持っていきます。仕事が放してくれないから。なんか私のことも原稿用紙だと思っているらしいわ。(笑)」

二十五年間続いた夫の原稿の口述筆記

――国内の旅行は気をつかうそうだ。ファンが放っておかないからだ。

「いくらババアになって、もうだいじょうぶだと思っても、地方へ行けば行くほどたいへんです。東京にいたほうが無難ですね。京都もいい、俳優に慣れてますから。大阪へ行くともうダメ。」

――しかし騒がれるからといって東京にばかりいるわけにもいかない。たとえば『二十四の瞳』で小豆島に招かれたり、『カルメン故郷に帰る』や『喜びも悲しみも幾歳月』の舞台になった土地を訪ねたりする企画が出るたびにひっぱり出されるからだ。

小豆島には大石先生に扮した若い高峰さんの銅像も建っている。記念に植えたオリーブは観光客が葉っぱやら小枝やらをちぎっては記念に持ち帰り、いまや丸坊主である。

「恐ろしいですね、人間て。たまたまそういうのに出ると、一生くっついちゃって、逃れられないみたいです。」

――その日の撮影の仕事を終えて帰っても、高峰秀子には家でまたひとつ大きな仕事が待っている。夫が書いた原稿の清書、あるいは口述筆記だ。一時間のテレビドラマの場合、二百字詰め原稿用紙で百六十枚くらいだからたいへんな手間である。口述筆記となるとまた別の苦労が加わる。口に筆が追いつけずに聞き返したり「ちょっと待って!」といったりすると、夫の思考が中断することになるので、それがまた彼女の気持ちの負担になってしまうのだ。だがこの口述筆記は松山さんと結婚してこのかた、二十五年間、つづけられてきた。

「でも恐ろしいもんでね、私は小学校もあまり行ってないし、字を習ったこともないんだけど、二十五年書いてると覚えますね。松山が〝あの字はどうだっけ?〟って聞きますよ。」

——毎晩、きまって十一時五十分ころになると、松山さんが仕事にひと区切りをつけて書斎から出てくる。そしてお風呂に入ったあと夫婦の夜食がはじまる。

「私はおかずを作りまして、日本酒をつけまして、お待ちしておりまして……(笑)それから一時半ごろまでグダグダとやるわけです。」

今まで映画で食べてきたから

——いま五十五歳。芸歴からいえば「とっくに定年過ぎてお釣りがくる」とはいえ、まだまだ若い。だが子供のいないこの夫婦はすでに遺言状もちゃんと書いてあるそうだ。

「だって去年みたいにふたりで十何回も外国へ行ってると、飛行機が落っこちたらそれっきりでしょう。家のこともあればお手伝いさんもいる。キチッとしておかないとはた迷惑だから。ささやかな遺産はすべてフィルム・ライブラリーへ行きます。はじめは福祉施設とかガン研究所とかっていってたんですけど、それよりは自分たちがいままで映画でごはんを食べてきたのですから、やっぱりそれによって得たものはそっちのほうへ還元したほうがいいんじゃないかと思うようになったんです。わけがわからなくなっちゃうよりいいでしょう。あっさりしたもんです。」

（『週刊平凡』一九七九年四月二十六日号）

私が選んだ引出物と贈り物

（55歳）

——印象に残る引出物は？

「ドイツ人の結婚式に出席したときに、ゾリンゲンの爪切りをいただいたの。それがとっても印象的でした。」

——新婚家庭に贈りたいものは？

「私はいつも、イニシャルの入ったモーニングカップか、目覚まし時計に決めております。」

（『週刊朝日』臨時増刊、一九七九年十一月五日号）

純広東料理　翠園酒家　これがホンモノだ　（55歳）

「牛にひかれて善光寺参り」というけれど、私たち夫婦が広東料理にひかれて香港参りをはじめてからもう二十年近くなる。

数多い中国料理の中で、もっともこまやかな味を持ち、もっとも品数の多いのは広東料理だろう。広東料理のメニューに無いものは〝空飛ぶものでは飛行機だけ、四つ足では机と椅子、動物ではお父さんとお母さん〟というたとえ話があるほどで、つまり、その他のものはなんでも片っぱしから料理して食べちまうというのだからスゴイ。

蛇、蛙、猫、犬、熊の掌などの珍品も多く、香港を訪ねるたびに、目新しい広東菜に出会うのがなによりの楽しみである。

香港の中国レストランの中でも上手でとびきり美味い「翠園酒家」が、一九七七年の春、十二人のコックを引きつれて、東京は田村町に店を開け、ホンモノ中のホンモノの味を披露している。

私の選んだ今日のメニューは、生きた車エビを殻つきのままサッと蒸し、翠園独特のソースをつけて食べる「白灼中蝦」。鶏の切り身と中国ハムとショウガを蓮の葉に包んで蒸した「雲腿荷香鶏」。そして、ミルクの唐揚げ。うなぎのぶつ切りと丸のままのニンニクの煮こみ鍋「蒜子大鱔煲」。

デザートは「蜜瓜布甸」というメロンのムース——の五品で私の好物ばかり。

とくに、ミルクの唐揚げ「脆皮炸鮮奶」は女性、子供さんには絶対に喜ばれる。

中国料理の鍋ものといえば「火鍋子」くらいしか知らなかったけれど、翠園には「うなぎ鍋」の他にも「バラ肉と大根」「魚のアラと野菜」「豆腐と野菜」など、いろいろな鍋料理がある。まだグツグツと煮立っている鍋の中をつっつきながら、白いごはんをカッ喰らう楽しさは、ああ、思っただけでもヨダレが出る。また明日も行こうっと。

（『週刊文春』編『美女がすすめる味の店』一九七九年十一月号）

銀座のお気に入り

＊1980年代（61歳）

子役をやってた五歳くらいのころね、どこかへ遊びに行こう、といえば銀座でしたよ。銀座しかなかったの。

デコちゃん、連れてってあげるよ、といわれて蒲田の松竹撮影所からやってきたものでした。

お決まりのコースがあって、あの店でおもちゃを買ってもらって、あの店でごはんを食べて、デザートはここでと通ったものです。

資生堂パーラーは昔、白い詰衿を着た中学生くらいのボーイさんがいてね。なんとも清潔な感じがしたものよ。

そのころから食べていたかしら、ミートコロッケ。おーんなじ味ね、なんねん経っても。

そして銀座へ来ると必ず寄るのが花屋さん。松坂屋の一階にある、わりと目立たない店なのですが、花がね、いいんです。保ちが違います。

家が室内がベージュ系統だから、バラは黄色が合うので、わりと黄色のを買います。松屋ではわりと家庭用品を買ったりすることがある。すりばちになってる片口とか、ちょっとしゃれた電気スタンドとか。独特のものを売ってるのね。

そのまま銀座通りを京橋方向に歩いて伊東屋によることもしばしば。ここは大人の遊園地なのよ。楽しくて、入るとなかなか出てこられない。原稿用紙を買ったり、葉書に貼る〝エアーメイル〟のシールを買ったり。

ちょっとくたびれたな、と思うと八階のコーヒーショップで、お茶を飲んだり。

今日は、竹葉亭で鰻を食べるつもりです。テーブルの席ができて、わりとすぐ持ってきてくれる。よく食べに来ます。一人で来たり、松山と来たり。

食通みたいに思われがちだけど、そうじゃない。女優っていう仕事は、仕出し弁当とか、ロケでは駅弁とかそんなのしか食べられなかったのよ。だから今、食べ狂っているわけです。

泰明小学校そばの上海料理・東京飯店、帝国ホテルの吉兆では気軽にお弁当を、よそいきのフランス料理は「レカン」……。

ひとりで食べるのは平気。おいしいものを食べて、ウサを晴らすの。

週に二回くらいは銀ブラ、たいていは昼ごはんをはさんで。帰りは夕飯のお買い物をして、家路へむかうのです。

（『クロワッサン』一九八五年五月十日号）

結局手元に残った器は……（62歳）

これまでの家を小さく建て直し、器をはじめとするすべての持ち物を半分ほどに減らしました。

若い時から、雑誌を手に取ると、ファッションより陶器のところを見ていた。器はすべて使うことに徹した。使うために作られたものだし、飾っておく趣味は全然ない。でも、コップひとつ割ったことがない。特に古い器を買い始めたのは戦後すぐのころからだから、その減らした数もずい分になる。

結局年取ったんですよ、気ままにしたくなったの。家が大きいと人手もいるし、商売柄、来客も多い家だったし。それと目の前にゴタゴタとモノがあるのがね、うるさくなってきたの。四角い箱の中にポンといたい心境ね。なまじ、モノに全部思い出があるから、なお疲れちゃうというか。昔は買いたい買いたいで、なんでも揃えたかった。でも十年ほど前から整理していこうと思い始めたのね。

まず処分したのは、何組ものセットの器と銘々盆、百三十ピースのディナーセットなど。それだけでもう、ガタッと数が減りました。

もううちはふたりだけの生活。お客様が来ても、ふたりほど。そんなセットはいりませんからね。以前人が集まった時には大皿や大鉢で料理を出したもので、大皿も好きなんですけど、今じゃしまうところもないですから。全部骨董屋さんに持って行ってもらいました。

結局手元に残ったのは、李朝の茶碗二つ、白磁の皿一枚と、一つ二つと買っていったもの。そして、ふたりだけの生活に合う大きさの皿や鉢など。

古い染付が多いですね。私は李朝のものが一番好き。食べ物を盛るには白がいいわね。李朝のボワーッとした白が最高。

染付の器はもう買いません。高いし、欲しいのがあっても我慢する。でも、コップなんか飽きると取り替えたり、気分転換にモーニングカップを買ったり。ふたり分のシンプルなディナーセットも買いました。買わなくても見るのは大好き。楽しいわねえ。

自らを評すると、サッパリしていて、しつこいの。モノに執着はしないんだけど、好みが強い。なんでもよくではない。自分の好きなものがいいし、突き詰めていくのね。

（『ＬＥＥ』一九八六年十二月号）

台所のオーケストラ　食べ物に捨てるものはない。（63歳）

ある有名な骨董屋のご主人の、あまりにも丁寧な値踏みに、ガラクタはただで持っていくように勧めたことがある。そうしたら、言われたんです。たとえ二百円でも三百円でも、物には全部値段があるものなんです、って。

この『台所のオーケストラ』で私が言いたかったのもそれなの。食べるものに余りものはないってことなの。キャベツを一個買ったら、最後の葉の一枚まで全部食べる。キャベツ一個が可愛いと思う。

五歳のときから映画に出て、自分で稼いでいたでしょ。お金の有難味をよーく知ってる。要はケチなのよ。

うちの近所はね、いい品物はあっても、たとえば葉っぱのついた大根なんてないの。だから、車で通りがかってそういうのを見つけると、大喜びで買いに走っちゃう。油で炒めても一夜漬けにしてもおいしいでしょ。ジャガーに乗った奥さんが百五十円の大根抱えて、ウチの運転手さんおかしいと思っているでしょうね。

この本の前に『いいもの見つけた』（潮出版社）を書きましてね。そこで〝3分間料理〟というのを書いたら、もっと知りたいとの声がありましてね。ホノルルのアパートで一カ月足らずで書いたんです。みんな頭の中にありますから。

時間のあるハワイでは料理の腕を存分に揮える。

頭のいい女が料理上手かどうかはわからないけれど、手順の悪い人にはできないわね。できてもまずいのよ。

手順よく作るためには工夫が必要。たとえばレタスを買ってきたら、洗ってボウルの水につけておく。

そうすればいつもパリッとしたものが、すぐ食べられるでしょ。

マメに身体を動かし買いだめしないのも、おいしいものを食べるコツ。ほとんど毎日、買物にいく。

ところが、最近料理作りが楽しいばかりでもないのよ。家を建て直して台所を狭くし、お手伝いさんの手を借りずに、全部自分でやるようにしたら、もう大変なの。蒸発する主婦の気持がよくわかるわ。

（『クロワッサン』一九八七年五月十日号）

お婆さんの椅子

（63歳）


その愛らしいロッキングチェアを見たとき、私は、小柄なお婆さんをチンマリと座らせたらよく似合うだろうなァ、と思った。

頭にはレースの頭巾、ハナからずり落ちそうなまんまるフレームの老眼鏡、上等なカシミアの膝かけを掛けて、胸もとの編み棒がゆっくりと動いている。

窓からやわらかい秋の陽がさしこみ、台所のシチュー鍋からはいい匂いが流れてくる。居間のボンボン時計が「ボワーン！」と鳴るたびに、お婆さんは「ドッコイショ」と立ち上がって台所へゆき、シチュー鍋をかきまわして戻ってくると、また「ドッコイショ」とロッキングチェアに腰をおろす……。

当時三十三歳だった私は、そのお婆さんの姿に、自分自身の将来の理想像を夢みたのか、どうしてもその椅子が欲しくなって、旅先の乏しいサイフをはたいてしまった。

サンフランシスコの古道具屋から、はるばると海を渡って、椅子は日本のわが家に無事到着した。それから早くも三十年の月日が経つ。が、私は相も変わらず仕事と雑用に追われて日夜とびまわっているばかり。編み棒やシチュー鍋どころか、その椅子にゆっくりと腰をおろしたこともない。

しかし、考えてみれば、ロッキングチェアでコックリ居眠りするようになったらもはやオシマイ。いまのように文句をブウたれながらもバタバタしていられるうちが、ハナなのかもしれない。

（『ミセス』一九八七年十二月号）

自分の許容範囲は自分で決める。

＊1990年代（66歳）

女優業が懐かしいとは、全然思わない。だって、今が一番幸せだもの。もともと映画界が好きじゃなかったしね。だけど、イヤもへったくれもなく、やらなきゃ食べられないからやったわけで。

結婚したらやめるはずだったけど、向こうの給料が一万三千五百円だったから、やめられなかった。それでズルズルやっていたのが、向こうが食べさせてくれるようになって、はい、やめますって。それで雑文を書くようになったんだけど、そのうちにそれもやめて、普通の自分に戻ってね、それで死んじゃえば一番いい。

今、遊べなかった五十年分、遊んでるの、アハハハ。

自分がもらわれっ子だっていうのが、最初の記憶よね。母親が死んだことも覚えているし、おばさんに連れられて東京へ来たことも覚えてる。で、この人がこれから私のお母さんなんだって、ものすごく鮮明に思っちゃったの。

だから、仕事をしている時もそうじゃない時も、この人は本当のお母さんじゃないから、あまり甘えちゃいけないんだとか、自分が働いたお金でこの人たちは暮らしているんだとか、全部承知してた。気持ちの悪い子供よね。

母親という人も、ちょっと普通の物差しでは計れない人でしたからね。私が結婚しようが何しようが、ハイ、毎月三十万ください。お盆とお正月になると、着物買ってくださいって。でも、考えてみると、それだけものすごい人だったから、私は曲がらないできたのかな。あんたの好きなようにしていいよとか、やめたいんだったらやめなさいという親だったら、自立できなかったかもしれない。ものは考えようだから、いいほうに考えていけばいいのよね。

仕事を楽しんでやったことなんか、一度もない。だって、私はほかの女優さんみたいに、なりたくて女優になったわけじゃないんだもの。

だけど、好きじゃなかったから、その分だけ、一生懸命やったのかもしれない。好きだったら、セリフだってすぐ覚えるけど、嫌いだとなかなか覚えられない。でも、こっちはそれで生活しているわけだから、怠けてはいられないのね。自分の仕事を向上させていくというのは、好きとか嫌いとかいうのとは、まったく別のもので、少しでもうまくなっていかなくちゃならない。

人よりはちょっと一生懸命やったと思いますよ。やることやったから、今、一番幸せだと言えるのかな。

自分が努力したと思うのは、五十年間、自分の都合で休んだことがないというくらい。無遅刻無欠勤が、唯一の取り柄《え》です。

だって、タダでやってるんじゃないのよ。お金もらってるんだから、自分のベストを尽くすのは当たり前だし、そのくらいの責任感がなくっちゃ。


おかしくなっちゃいましたね。

私は大正生まれだけど、昭和が過ぎて平成になって、人心荒廃してるって言うのかな、ひどい時代になっちゃった。映画界もそうだし、落ちるところまで落ちちゃったという感じがする。お金はあっても、金持ち貧乏ね。

夫婦でこの二十年、夏冬四カ月をホノルルで過ごしていますが、旅行者の態度がこのところとみにひどい。

若い女性がみんな、申し合わせたようにショーツをはいてて、髪が長い。それと、爪と唇が真っ赤。それはいい。だけど、みんな口を開けっぱなしで、ゴムゾウリはいてズルズル歩いてる。

精神の緊張感なんて皆無ね。そして、そのままの姿で、どこへでも入り込んでいく。ここはこの格好で入っていいのかどうかっていう判断がつかないのかなあ。

特に若い女性と中年女性グループの傍若無人ぶり。

自分はどういう立場にいるんだろう、自分の経験はどのくらいあるんだろう、自分はどのくらい大人なんだろうか、子供なんだろうかと、自分を見つめるっていうことが、今の人たちには欠けてるみたい。

自分の〝分〟を知りなさいって言ったって、何、それ？ って言われそうね。でも、例えば私、何か買うんでも、いえいえ、私はまだ五十万円のシャネルのスーツを着る分際ではないとか、買えてもいつも七分目くらいにしてましたよ。

そういう自分の許容範囲というのは、自分で決めなきゃ、誰も決めてくれないのね。それを自分で考えるってことかな。

今は、自分の生活をそぎ落とす一方。もう、講演もやめ。飽きちゃったし、くたびれちゃったし。あとはもう、おかず作るだけね。

亭主がいれば、一生懸命作りますよ。それだけでも緊張していなかったら、体がダラーッとして、お尻ペッタンコになっちゃうし、働いていてくれる亭主が干上がっちゃうから。

豆腐一丁、ねぎ一本、自分の目でキチッと見て買いますよ。だって、うるさいんだもん。冷凍したものはいっさい食べないしね、だから、うちの冷凍庫には、アイスノンしか入ってない。

だけど、ひとりの時のひどさったらないわよ。お盆の上にキッチンペーパーをシャーッと敷いて、ペーパー・プレートに缶詰よ。ブスッと缶詰切って、割り箸パカッと割って、プラスチックのコップでウイスキー飲んで、ポイッと捨てちゃうの。お湯も沸かさないというこのひどさ。においが移るから、菜箸は同じものを二度は使わないけどね。


夫婦なんて、どっか二つか三つ、一番大事なところが似通っていれば、もつんじゃない？　うちは両方わがまま、頑固、きれい好き。あとは食べるのがふたりとも好きで、わりに寝坊だってのも似てるかな。

生活って、小さなくだらないことの積み重ねだもの。

女優業へのカムバック？　今はとにかくホッとしちゃっているのよ。自分がいるのに、何でほかの人にならなくちゃいけないの、とずっと思ってきて、やめて自分になったから、非常にいい気持ちなの。

でも、楽しみでやれるんだったら、『黄昏《たそがれ》』みたいな映画はできるかもしれないわね。いつかそういう心境になるかもしれない。

人間って、先のことはわからないものね。


（『LEE』一九九〇年十一月号）

タワシ一個でも妥協しない。（67歳）

三年前、家を改築しました。家を縮めるなんて珍しい人、と言われましたよ。でもね、人間には、その時々の立場に合った暮らし方があるでしょ？　これからは二人っきりで、ちんまりと老人の暮らしをしようと松山と相談したんです。

家を小さくするということは、モノを大量に減らす、ということでもあります。一番苦労したのは食器でした。お皿はお客用に一、二枚単位で揃えていたし、十代の頃から買い集めた骨董の器がたくさんあったし。もう、身を切られる思いで処分したんです。ともかくね、コップも何もかも、夫婦二人分とお客二人分の計四個まで、と量を決めました。なぜなら、収納場所がないのはもちろん、台所も一人で働くのがやっとの大きさにした今、人手を借りずに一人でもてなせるお客は二人までだから。これが〝身の丈〟の数。

私は元来、必要なものしか持たない質《たち》だから、器以外のモノは案外整理がラクでした。洋服は若い頃から黒、グレー、こげ茶しか着ないと決めていて、バッグも靴もこの色しか持っていないんです。

宝石も大好きなんですけど、実はあんまり持っていない。三十歳まで小粒の真珠のネックレス一個しか持っていなかったくらいです。つまり十年間我慢して、やっと一個本物を買うのね。本物と偽物を一緒につけるのがイヤなんです。だから、当然モノは増えません。

結局、家の中に持ち込むものには、妥協しない、ということだと思いますね。宝石や器ばかりじゃなく、たとえタワシ一個でも、私はよーく吟味して買うんです。


（『ＭＩＮＥ』一九九一年九月二十五日号）

今が一番幸せだから、おいしい人のことが書ける。（68歳）

「最近は、文章でも何でも人の恥部をあばいたり、こきおろしたり、あげあしとったり、批判ばかりが目につくでしょう。私のようなトシになるともう、そういうことはしたくない。おいしいことを考えて暮らしたい、と思って、このエッセイ、この題名にしたんです。」

――二十冊目の本『おいしい人間』、これまで高峰さんが出会った〝おいしい〟人々とのふれあいやエピソードが綴られている。それにしても、その人々の、なんとすごい顔ぶれであることか。

藤田嗣治、梅原龍三郎、荻須高徳など、今は亡きそうそうたる画家たち、作家の円地文子、デザイナーの水野正夫夫妻、中華料理店の主人市原敦夫さん、さらにイブ・モンタンから、夫松山善三さんのこと、そして高峰さん自身のことまで。

「長生きしますと、人とのおつきあいもそれだけ多くなるのです。とはいえ、人づきあいが悪いから、数少ない人と深く、が私のおつきあいですね。女優は人を見るのが商売なんだから、元女優としての私は、人を見る目はあるんです。」

——結婚後、高峰さんいうところの「バアさん」になっても一貫して大スターだった。

「もし女優をやっていなかったら、ふつうの女房になっていたでしょ。ぐずぐず文句いいながら、一日中台所に立っていたでしょうよ。一見、華やかで雑駁《ざっぱく》で、無残で、下品な映画の世界は好きじゃなかった。女王みたいにちやほやされたいなんてこともぜーんぜん。ただ、ものをつくることが好きなのね。だから、映画やっていても、本当は美術とかかつらとか、そういう裏方が性に合っていたと思うし、実際にもやりたかったのよ。」

——いずれにしても女優をやめたことを惜しむ声は今でも大変なもの。けれども、

「私、五歳から映画界に入って三十歳まで、一生懸命に映画のためにやってきた。結婚したのが、三十歳。そのとき思ったのよ。これからの三十年は一生懸命、夫に尽くすぞって。それが三十歳ではきっちりやめられなくて、予定より長引いただけ。

でも、今はもう六十九でしょ、もう長くはないし、余生なのよ。だからといって、夫を蹴っとばすわけにもいかない。ま、義務だけは果たしましたから、あとはのんびりと暮らしていければ、と。」

——そもそも鉛筆を握るようになったきっかけは、夫、松山さんの脚本の口述筆記をするようになってから。ふたりでホテルにこもって、夫は、クマのように動き回りながら、

せりふを創作し、声にする。妻がそれを筆記した。

「座ったら最後、おしっこに行くひまもない。ただ、書き続ける。私、小学校も行ってないから、漢字もわからないでしょ。最初は苦労しましたよ。そういうのはカタカナで書いておいて、あとで辞書を調べればいい、ってだんだんわかってきたんですけど。今は、辞書の引き方も早いわよ、パッと引ける。」

——得意そうな、素敵な笑顔を見せた。

大女優を、そんなにひとり占めしてよかったんですか、松山さんは。

「私、何にも興味を持たない、持てない人だったの。そりゃ、お金をとる仕事ですから、ふつうよりはちょっとはうまくなきゃいけないから、仕事はちゃんとやった。でも、他のことは何にも興味がない人間だったんです。

あるとき、司馬遼太郎先生にそのことをいったら、司馬先生がおっしゃった。〝人間というものはおもしろいですよ。たったひとりの人間を見ていても、興味はつきない、あきないもんだよ〟って。そしてそのときたまたま先生が、お書きになったばかりの本『ひとびとの跫音《あしおと》』を読んで、本当にそうだなと思ったんです。この世に生きて、たったひとりの人を見続けても、間が持つんです。」

——そのひとりの人が、松山さんだった。

「以来、亭主の台所係兼筆記屋、足すことの看護婦です。本当に次から次と病気もしてくれた。今、一日平均三時間は台所に立ってます。私も癇性で、大根一本自分で選ばないとだめなんですけど。」

——それにしても三十数年、ひとすじに見つめるのに耐えられる男性だった、と。

「そう、そうです。これがだめなら私のことだから、ポンと別れてしまっていたでしょう。まじめで親切で、やさしくて誠実で、自分が死んでも人に親切にする人間なんです。ま、浮気は知りませんけれど。いい男だからもてるんですよ。」

——でも、高峰さんの夫であると、あまりにも知られすぎている。

「そう、それがかわいそうなところね。」

——高峰さんの口調は、しゃきっと威勢がいい。で、その勢いのまま、いいそえた。

「今が、いっちばん幸せです。自分が幸せだから、おいしい人のことが書けるのよ。もし不幸だったら、人のことなんかどうだっていいにきまってる。人間て、勝手なものですね。」

(『SOPHIA』一九九二年八月号)

旅も道づれ

（68歳）

『旅は道づれ……』という書名にもあるように、私の旅は、いつも夫の松山と一緒。旅の紀行も共著。

もともと、私は結婚前は旅なんかしたことがなかった。けんかをしないかと思ったけど、旅先でもあの人は私じゃないし、私もあの人じゃないと思えば、そう腹はたたないものです。

私たちがアフガニスタンからガンダーラへシルクロードの旅をしたのは、十四年ほど前のこと。

人はだれでも旅に行きたいから行くんでしょう。でも、私は全然行きたくない。だから、行った先でも文句ばかりいってるの。

エジプトのピラミッドの前で、松山はその大きさと築いた人間の偉大さに感慨無量でいましたが、私は、世界は広いし、こんな大きなものがあっても不思議はないさ、と醒めている。

パキスタンのペシャワールで、どうしてもそこの美しいじゅうたんを織る工場を見たくなった。いつか写真で、民族衣装の美しい娘たちが織っているのを、見たことがあるけど、あれはどこかうそっぽい。一人でタクシーの運転手に頼んで案内してもらうと、そこでは十歳前後の男の子たちが、三十人ほどもいて、織っていた。

そこの子どもたちに限らず、街でも村でも子どもは小さなうちから働いていました。この子たちが私たちを見ると、すがりついてくるんです。日本へ連れて行ってくれというんです。

ハワイでこだわったのは、今はもうつぶれてしまった日本人の移民資料館のこと。なぜ、つぶれてしまったのか。考えているうちに、あ、そうかと思い当たりました。移民の人たちは、貧しくて日本で暮らせなかったから、ハワイへ渡った。船底に積んでいったものは、下駄や茶碗がせいぜいでしょう。資料として残るものなどなかったんですね。

旅の間じゅう、雑役係に徹する。

私は女優のとき、もしOLの役をやれば、そのOLがどんな境遇に身をおき、何を着て、家へ帰れば父親とどんな話をするのかまで、考えていたの。だから、人が今、何を欲しているのかわかるんです。


(『SOPHIA』一九九三年二月号)

＊2000年代（75歳）

三島由紀夫割腹自殺　昭和四十五年十一月二十五日

昭和四十五年十一月。三島由紀夫さんが割腹自殺をしたとき、私は六本木の防衛庁正門の近くにいた。もっとくわしくいうと、所用でたまたま防衛庁の前を通りかかった私は、通行止めで渋滞している車の中でラジオのニュースを聞きながら、ただ呆然とし、そして、いまの言葉で言えば「キレたな」と思った。

三島さんとは、何度か対談をしたり、パーティの席で雑談をしたり、で、面識、よりはやや多いくらいのつきあいだったが、いつもカン高い笑い声の底に、なぜか屈折した神経のいらだちのようなものがひそんでいる、そんな印象を受けていたものだった。

その日、私がどこへ行こうとしていたのか、何の用事でそこを通りかかったのか、いくら考えても思い出せないが、今でも防衛庁の前を通るたびに、ひげ剃りのあとが清々しく、爽かな貴公子然としていた三島さんの笑顔をおもいだす。

（『文藝春秋』二〇〇〇年二月号）

あとがきにかえて

あなたはどう思いますか？　〜亡き父母、松山善三・高峰秀子に捧ぐ

斎藤明美

「高峰さんは芸能界の三大いじわる婆さんの一人だそうだから、気を付けてね」

忘れもしない、初めて高峰にインタビューするため、編集部を出ようとした時、先輩Aから私は言われた。

「会ってきましたけど、全然いじわるじゃなかったし、面白い人でしたよ。Aさんは高峰さんに会ったことあるんですか？」

取材を終えて帰社した私が問うと、

「え？　いや……会ったことはない……」

バツが悪そうにAは答えた。

「高峰さんて、怖いんですってね？」

月刊誌のグラビア撮影のために、国際文化会館の表で一緒に高峰の到着を待っていた社の写真部の部長Bが私に訊いた。

「そんなことありませんよ」

この頃にはかなりな回数、高峰に取材していた私は、答えた。

「でもね、前にうちのCが『こういうポーズをとってください』と言ったら、『どうしてそういうポーズをとるの？』と切り返されて、Cは怖くて、それ以後ひと言も口をきけなかったそうですよ」

Cとは Bの後輩カメラマンだ。

「どうしてって聞かれたら、こういうわけでと答えればいいだけじゃないですか」

私が言うと、Bは黙ってしまった。


「高峰さんて、怖いんでしょう？」

その頃には毎日のように松山家で夕飯をごちそうになっていた私は、その日もホワイトボードに「永坂　20時戻り」と書いて出かけようとしていた。そこへ後輩の女性編集者Dが寄ってきて訊いたのだ。

同じ質問をもう飽きるほどされていた私は、「そんなことないよ。ものすごく怖いよ」わざとそう答えると、Dは飛びじさるようにして、行ってしまった。

「かあちゃん、みんながかあちゃんのこと、怖い怖いって言ってるよ」

ある日、夕食の卓で私が言うと、ニラタマを大鉢から取り分けてくれていた高峰が、

「どうして怖いんだッ。こんなに優しいのに」

と、わざとドスのきいた声で言った。

私も松山も、そして高峰も一緒に爆笑した。


A〜D、誰一人として高峰の随筆を読んでいない。

果たして高峰秀子は怖い人だったのか？

本書を読んでくださったあなたは、どう思いますか？

松山善三・高峰秀子養女／文筆家

令和二年三月

高峰秀子

（たかみね・ひでこ）

1924年、函館生まれ。女優、エッセイスト。
五歳の時、松竹映画「母」で子役デビュー。以降、「カルメン故郷に帰る」「二十四の瞳」「浮雲」「名もなく貧しく美しく」など、300本を超える映画に出演。『わたしの渡世日記』（日本エッセイスト・クラブ賞受賞）『巴里ひとりある記』『まいまいつぶろ』『コットンが好き』『にんげん蚤の市』『瓶の中』『忍ばずの女』『いっぴきの虫』『つづりかた巴里』など著書多数。夫は脚本家で映画監督の松山善三。2009年、作家・斎藤明美を養女に。2010年死去。

高峰秀子の反骨

二〇二〇年 四 月三〇日 初版発行
二〇二一年 一 月三〇日 2刷発行
著　者――高峰秀子
発行者――小野寺優
発行所――株式会社河出書房新社
〒一五一―〇〇五一
東京都渋谷区千駄ヶ谷二―三二―二
電　話――〇三―三四〇四―一二〇一［営業］
〇三―三四〇四―八六一一［編集］
http://www.kawade.co.jp/
組　版――有限会社マーリンクレイン
印　刷――株式会社亨有堂印刷所
製　本――小泉製本株式会社

ISBN978-4-309-02880-4
Printed in Japan

高峰秀子・著

ダンナの骨壷

幻の随筆集

大女優、名文家、そして人生の達人。
高峰秀子が22歳から79歳まで綴った、
衣・食・住やらなにやら、
もりだくさんな内容のエッセイ集。
この一冊で、高峰秀子の本質がわかる。
すべて単行本未収録です。